我的"微言小义"

（二集）

卢昌海◎著

清华大学出版社
北京

图书在版编目（CIP）数据

我的"微言小义". 二集 / 卢昌海著. — 北京：清华大学出版社，2021.4
ISBN 978-7-302-57344-9

Ⅰ.①我… Ⅱ.①卢… Ⅲ.①随笔－作品集－中国－当代 Ⅳ.①I267.1

中国版本图书馆CIP数据核字（2021）第016353号

责任编辑：胡洪涛 王 华
封面设计：何凤霞
责任校对：王淑云
责任印制：杨 艳

出版发行：清华大学出版社
　　　　　网　　址：http://www.tup.com.cn, http://www.wqbook.com
　　　　　地　　址：北京清华大学学研大厦A座　　邮　　编：100084
　　　　　社 总 机：010-62770175　　　　　　　邮　　购：010-62786544
　　　　　投稿与读者服务：010-62776969, c-service@tup.tsinghua.edu.cn
　　　　　质量反馈：010-62772015, zhiliang@tup.tsinghua.edu.cn
印 装 者：三河市春园印刷有限公司
经　　销：全国新华书店
开　　本：130mm×184mm　　印　　张：6.875　　字　　数：136千字
版　　次：2021年4月第1版　　　　　　　　印　　次：2021年4月第1次印刷
定　　价：45.00元

产品编号：089184-01

越是符合心理需要的命题
越是该用怀疑的眼光去审视。

目 录

自 序

2013 年 1 月，我在新浪开了微博。

2017 年 6 月，我的第一本微博体的书——《我的"微言小义"》——由清华大学出版社出版。

由于是第一本并且也是本书之前唯一一本微博体的书，《我的"微言小义"》在我已出版的十余本书中是一种另类——不仅体裁另类，而且相对于多数读者对我本人的认知也是一种另类。在多数读者眼里，我大约是被归为科普作家的，我的多数作品也被归为科普作品。

但《我的"微言小义"》却往往被归入散文随笔类。

对这一归类，我自己是很喜欢的。

因为，作为作者的我跟作为读者的我一直有这样一种关联，那就是：我爱写的文字跟我爱读——或曾经爱读——的文字以类型而论是相同的。而在我爱读的文字中，散文随笔是类型之一。只不过，阅读是个人之事，作为读者的我可以随心所欲地读我爱读的类型，而写作一旦具体到出版上，则牵涉颇广，作为作者的我并不是爱写什么就能出版什么的。因此，虽然我爱读的类型早已大体固定，但只有到了《我的"微言小义"》问世的时候，才终于在出版的层面上将爱写的类型延拓到了科普之外。

而且从某种意义上讲，科普书只是我小时候爱读——即所谓曾经爱读——的类型，现已读得不多（因为我一向认为，科普写作是不能以科普为知识储备的），散文随笔却是我现在仍爱读甚至越来越爱读的类型。从这个意义上讲，《我的"微言小义"》跟作为读者的我的联系，甚至比科普跟我的联系更密切。更何况，对我这种"书虫"来说，作为读者的我在很大程度上定义了我这个人，也定义了我的个性。因此，《我的"微言小义"》及如今这本"二集"在我已出版的书中，是最个性化的。

《我的"微言小义"》甄选的是 2013 年 1 月至 2016 年 12 月间的微博。这本"二集"则顺接前书，时间跨度是从 2017 年 1 月到 2020 年 7 月（偶有例外），体例亦承袭前书——即如前书后记所言：

由于绝大多数微博不具有时效性，为节省篇幅计，除个别外，收录时一律略去了发布时间。此外，为阅读便利起见，所录微博被粗略分为 10 个类别，每个为一章。不过由于内容的细散纷杂，类别间并无绝对清晰的界限，类别之内亦非秩序井然——后者原则上可用子类进一步细分，但最终决定不那么做，因为有些微博是以不同方式谈论相近话题，一经归并不免单调，不如间杂起来更有趣味。当然，对某些逻辑相关的微博作了类似于长微博的归并，甚至拟了标题，算是混沌中的有序吧。

读过《我的"微言小义"》的读者也许会注意到这本"二集"跟前书的一个小小差异，那就是段落（每个段落通常对应于一条微博）的平均篇幅有所增加，这是因微博取消了 140 字的限制。

不过跟我的其他书和其他文章相比，本书的文字依然是短小的，不至于失去微博体在碎片化阅读时代的特殊优势。

2020 年 7 月 18 日

见闻随感

有时候觉得，人的怀旧也许并不是纯粹想要回到童年或少年，回到那个不知能否考得上大学，不知能否找得到工作，不知道何时碰得到另一半的年代，而是做着一个比"昨日重来"更美也更贪婪的梦：仅仅让失去的青春回来，却依然握有此生已经到手的一切名誉和地位——或者以未来起码会重新拥有这一切为保险杠……

初到纽约时，见帝国大厦跟其他建筑一样地矗立街头，连人行道的宽度都别无二致，浑不似国内知名高楼的裙楼环抱、广场相衬，不禁颇感意外。后来渐渐觉得，楼之差别与人之差别仿佛略有相通：在纽约，提着公文包匆匆上班的也许是百万、千万富翁，在第五大道悠然漫步的也许是某国的王子、公主，丝毫没有迥异于常人的霸气外露的范儿（或曰气场）。

见闻随感

对写作者来说，想到一个好题材是件愉快的事。前两天做了个梦，梦见自己看书时接连想到几个值得一写的题材，不禁大为畅快，心道运气真不坏，居然一下子想到这么多好题材。岂料醒来后，好题材连影子都没剩，唯一记得的就是："运气真不坏，居然一下子想到这么多好题材！"

其实挺喜欢有梦——当然指醒来后仍有印象的梦，仿佛将原本虚掷的时间变为了在平行宇宙里的遨游。好梦固然回味无穷，就连噩梦醒来也别有一种劫后余生般的欣慰。

不止一次地，在得到很多年不通音讯的亲戚的消息时生出惊悚的感觉。一段缓缓流走的岁月会因那样的消息突然压缩，仿佛一把突然合拢的折扇，将起点和终点并呈在眼前……

小时候住在杭州的城乡接合部，最爱看楼宇的崛起。那时的新楼多为 4～6 层，我不知从哪儿听来一个说法，称 7 层以上要装电梯，遂当成楼高不过 6 层的理论依据。后来终于有两栋 7 层楼宇矗立起来，在我心中便俨然视作摩天大楼，兴奋了许久许久，将楼层数了一遍又一遍，仿佛一日不数就会少掉一层。

小时候觉得很高的楼，长大后发现稀松平常；小时候觉得很远的路，长大后不过咫尺之遥。若说这全是小孩子眼光呢，却也不然。20世纪中叶杭州市区最高的楼也是7层，被称为"七重天"，那可是成年人眼光。眼光受制于眼界，成年人亦不例外。

不知从什么时候开始，作息规律变成了天黑就窝在室内。昨晚将垃圾桶拖到路旁（因今天是清垃圾的日子），走回屋子的几步之间抬头看了一眼星空，忽然意识到很多年没再好好看星空了。童年时夏夜屋内的酷热、灯光的暗淡，倒是成全了在池塘边仰望星空的浪漫。

一家旧书店门前放着几书架2元一本的书，粗粗一览，见到一本读者给马克·吐温的书信集，多数书信附有马克·吐温的评语，十分有趣。但付账时发觉兜里只剩面额20元的纸币了，便问能否刷卡，店主说不能。于是拿出纸币说那只能找一堆零钱了（纽约的消费税会使2元变为2.18元）。店主问我是否住在附近，我说不在附近，但常逛附近的 Strand（史传德书店）。店主说那你先拿去吧，下次有零钱再来付。常在书中读到旧书店老板的人情味，终于亲自遇到了一次——当然，书款是绝不会忘记给他的，岂能让别人的暖意在我这里遭遇遗忘？

　　早年因玩电脑游戏而看过电视连续剧《仙剑奇侠传》，看到最后的赵灵儿之死时忽有一种触动，觉得她死去的一刹那，看上去一如寻常，但那些如此深沉的爱和牵挂从此不再了。后来读费曼自传中的费曼妻子阿琳之死时，重新唤起了那种触动。费曼说，阿琳去世的一刹那，发香依旧，他很受震动，"something enormous had just happened—and yet nothing had happened."（某种剧变刚刚发生了——却又什么都没发生。）

　　我有一时，曾经屡次忆起儿时在故乡所吃的蔬果：菱角、罗汉豆、茭白、香瓜。凡这些，都是极其鲜美可口的，都曾是使我思乡的蛊惑。后来，我在久别之后尝到了，也不过如此；惟独在记忆上，还有旧来的意味存留。他们也许要哄骗我一生，使我时时反顾。

　　　　　　　　　　　　　　　　　　——鲁迅

甘被记忆哄骗，是冷静中的温情，温情中的冷静。明白人的回忆莫不如此。

有一回翻看十几年前跟网友在"繁星客栈"的讨论，讶异于昔日的自己竟如此耐心。讶异之余又复心惊：何时丢失了那份耐心？后来翻看某名家的旧微博，不禁释然。人家也是越早年越耐心，渐渐地则互动日稀、言辞渐草。也许是年岁带来的紧迫感，以及新鲜感的逝去吧。心境再不能回到从前，惟有努力保持文字质量。

真心地觉得，时常看看蓝天碧海、时常看看皓月繁星，是对和谐社会的贡献。

早年乘火车时，邻座之人若跟我聊天，不出 5 分钟便会知晓我从哪里来，到哪里去，在哪里读书，甚至家有几口人，父母做什么，等等。而我直到旅途结束也不会知晓对方的同类信息，因为压根儿就不感兴趣。不爱交际的人大约就是如此吧。

见闻随感

　　Panera Bread（潘娜拉面包店）是餐饮连锁店中我比较喜欢的，远胜于人满为患的 Starbucks（星巴克）。尤其偏爱某些小镇上的分店，既舒适又宁静。我去小镇通常是逛旧书店，带着刚买的书，到 Panera Bread 点一杯咖啡或茶，边喝边翻，很是惬意。那里的食物倒谈不上喜欢，不过电子点餐系统不错，拿"会员卡"一刷，便会出现女儿为我存储在系统里的"Daddy Sandwich"（爸爸三明治），别有一种温馨。

　　家里那位翻出一本旧相册，里面有一些我小学、中学时代的集体照。我决定玩个游戏，让她和两个小孩分别在那些集体照里找一找哪个是我。结果家里那位成绩最佳，女儿次之，儿子更次之。女儿总结道：因为妈妈认识最年轻时候的爸爸。家里那位则得意扬扬地发表了雷人的"获胜感言"：爸爸就是变成灰，妈妈也认得。

　　刚刚过去的周末去 Atlantic City（大西洋城）转了转。失察之处是气温比预想的低得多，海边步道冷冷清清，全然没有记忆里的人气，有些巨大建筑甚至明显废弃了。走了数公里，日头下沉，寒意更甚，赶紧转身往回走。望着斜阳下清冷的建筑群，心中忽有一种科幻感，仿佛来到了一个废墟星球，日落前不赶回基地就会冻死。

人生的路，前半段是上坡，视线的终点是天空，后半段是下坡，视线的终点是墓地。

小时候杭州的很多公交车上有一个特殊座位，是在车子的右前方，跟驾驶座平行，正对着前窗。每逢坐上那个座位，简直恨不能永远不下车。很怀念那种些许小事都能让我充满新奇和兴奋的日子……

有时觉得，坏梦是最惊险、最逼真的角色扮演游戏，同时又是不必付出代价的忆苦思甜。

找一家清静的小店，带几本钟爱的书册，点一杯清香的咖啡，坐在玻璃窗前，静静地读。乏了，就从书里人生钻出来，看一

眼车来车往的窗外世界。这样的闲暇，让我有一种浓浓的幸福。有时候自叹，这就叫幸福，要求未免太低了；有时候却又觉得，要求还是太高，因为常常会一连几个星期，一次这样的闲暇都没有……

哥伦比亚大学物理系的 9 楼是我曾经工作过若干年的地方。那层楼的结构很简单：长长的走廊两侧是房间，有些是教授的办公室，有些是研究生的办公室。走廊很空寂，偶尔有人从一个房间出来，又走进另一个房间。每当看见这个，就让我想起虚粒子的出现和消失。

昨晚陪家人玩"大富翁"游戏。这游戏念书那会儿我在电脑上玩过，一味求胜，每有对手破产就欢天喜地，冷酷地吃下对方财产……此番重玩，却成了"菩萨心肠"，轮到小朋友时，甚至担心他们会不小心走到我的"豪宅"上搞破了产。倒是对自己是否破产不甚在乎，暗地里还想着破产了正好上楼看书去……

当久别的友人对你说"你怎么还这么年轻"时，你已不年

轻了；如果他说的是"哇，你怎么不会老啊"，那说明，唉，你已经老了……时光的流逝就算你忘了，别人可还记得。

有博友举了一个类似的例子：在国外被夸"英文好"说明英文不够好，让人听出是外国人了。举得没错，尤其在美国这种移民国家，真正的英文好是让别人根本不会想到要夸你的英文好。

一直觉得，人际关系中的一个很大的误区是：甲帮乙 N 次之后，如果第 $N+1$ 次没帮，有时会前功尽弃，甚至反目成敌。那情形仿佛是：甲帮乙 N 次提升的除"友谊"外，还有乙对第 $N+1$ 次的期望值，那期望值一旦实现不了，就跟一个越筑越高的堤坝突然垮塌一样，被帮了 N 次的乙甚至反而觉得甲忘恩负义——因为有这么铁的"友谊"居然不帮忙。

圣诞节，在康州参加朋友聚会，见到了中学时代的老校长。席间述及往事，老校长还清晰地记得昔年带我赴长春参加全国物理竞赛的种种细节，甚至包括我做错的是哪道题，等等，真有一种昨日重来的暖暖的感动。而想到近 30 年的光阴已悄然逝去，又有一种悲从中来的感觉……

见闻随感

　　据说日本推理作家可以以火车时刻表为依据写推理小说，美国的长岛火车则恐怕更适合用来写"伤痕小说"，让人感慨运道之无常。比如昨天我乘坐的长岛火车晚了 5 分钟，而我中途转车的衔接时间恰好也是 5 分钟，结果当火车抵达转车点时，透过车窗我看见自己将要转车的站台旁的火车也正在进站。于是车门一开，我便一路狂奔，上楼梯、过天桥，以"移形换位"之术避免了跟好几位乘客的"非弹性碰撞"，终于在那列火车车门关闭前的一刹那冲了进去。然而悲剧的是，那是一趟"错误"的火车，它是因晚点才在我要转车的时刻进入我要转车的站台，而我真正要乘的火车，也晚点了……真是一团糟啊。

　　收到表姐发来的一幅老照片，是我这辈的几位表兄弟姐妹小时候与如今早已过世的奶奶的合影，摄于一片如今不复存在的旧屋及池塘边。刹那间有一种被光阴刺痛的感觉……忽然又想，人这一生跟亲友相聚的时间大体是这样的：堂表兄弟姐妹若不是小时候住在一起，相互串访的时间加起来大概超不过一年；同学、同事中的好友大约可折算为几年；与父母则主要是念大学之前朝夕相处，此后多半就只剩一部分节假日，总计约 20 年；与子女亦如此——辈分颠倒一下而已；与亲兄弟姐妹（如果有的话）亦相近，也是念大学之前朝夕相处——要减去彼此的年龄差，但因共同在世的总时间比跟父母的长，大致抵消；相聚时间最长的是夫妻，从二三十岁到七八十岁，差不多有半个世纪——因此所谓"你是我最重要的人"之类恋爱时的甜言蜜语还真是实话，只不过彼此若不睦又硬不下心来分手，相互的折磨在一生的悲哀中大概也要排第一。

刚到美国念书那会儿因首次有机会随时用 PC（个人电脑），而迷上了电脑游戏——后来写过一篇《电脑游戏小忆》[①]。那时常逛计算机和软件店（比如现已不存的 CompUSA），看看新款电脑游戏——只是看，很少买，就像更小的时候因迷上武侠小说而常去租书摊，也并不租。最近路过一家电脑游戏店，走进去看了看，基本上只有游戏机软件而没有电脑游戏了。时代变迁，曾经迷恋过的很多东西都已落幕或正在落幕……

人到中年的一个悲剧是：走在街上，明明还像以前一样怀着好奇的心思、好奇的眼光，见到高楼还会像小时候那样数一数层数，见到路边的小石子还会踢上一脚……套用一句郭德纲

---

① 《电脑游戏小忆》收录于我的主页（ https://www.changhai.org/ ）。

的台词,"我还是那个×××的小学生"。然而冷不丁地,一位二十来岁的年轻人喊你一声"叔叔",仿佛提醒你"自重"。

昨晚到长岛北侧某公园看"独立日"焰火。焰火在海上燃放,海滩上坐满了人,有些人干脆坐到礁石上,我则支起一张沙滩椅,仰望苍穹。天气不错,白天的热浪已被海风吹散,天上的弯月衬着绽放的烟花,美轮美奂。更妙的是,海湾对面的地平线上,有近十处冉冉升起的烟花,此起彼伏,仿佛给夜空镶上了闪烁的花边。那是纽约上州的海边小镇在放焰火。美国的很多小镇清爽而雅致,每每让我觉得是点缀大地的小珠石,烟花远远升起的那一刻,这感觉仿佛物化了。

数周前,到 Google(谷歌)的纽约总部参观了一下。对 Google 的公司文化久有耳闻,但亲见终胜于耳闻。简单地说,Google 内部几乎是一个迷你型的"共产主义",一切"按需分配":一般公司只提供免费的咖啡和茶,这里的餐饮选择却堪比游轮,且全都免费;乒乓、电玩、积木、健身房等亦随时可玩;工作则像在游轮上读书那样,地点任选,既可在室内,也可到"甲板"——某些楼层的露台花园,与蓝天白云和曼哈顿的楼群为伴;甚至还可住在公司(不过睡觉的小间比较局促,有点像日本的

"胶囊旅馆"）……仔细想想,这种公司文化真是一种智慧的选择:提供这些也许相当于在每个员工身上每年多花一万美元,但同是一万美元,若成为工资,不过是在高薪公司俱乐部里挪个位置,以这种方式来花,却树立了与众不同的形象。当然,Google走的明显是精英路线,经过严格周密的程序进入Google的大都是真正的人才而非靠小聪明和应试技巧混日子的人,只有真正的人才达到极大的比例,才能在如此"无为而治"的环境里不耽于享乐,甚至更激发出上进心和创造欲。

送女儿到哥伦比亚大学参加科学课程,顺便在校园里逛了逛。除一两栋新楼外,几乎从所有角度看,校园都依然如故,竟一点都没被岁月所折旧,甚至花草树木都多在原处——当然,自我毕业以来,花儿已凋谢过19次,只不过,花儿谢了还能重开,只有人,行色匆匆地向着唯一而终极的凋谢走去,正所谓年年岁岁花相似,岁岁年年人不同。仔细想来,哥伦比亚大学是我能在细节上重温的最久远的家,再往远了回溯,我本科所在的复旦大学,我在杭州、金华、临海、嵊县住过的所有地方,都早已沧海桑田了。

去新建的科学和工程图书馆看了看——原先在物理系的物理和天文图书馆也搬到了那里,居然不仅没看到什么特别喜欢却并不知道的书，甚至大都是我已有实体书或电子书的。看来这些年我在自己感兴趣的领域里不算太落伍——起码没有落后于图书出版的步伐。

在一个小镇逛旧书店，随后找了家小店喝茶读书，一晃就是几小时。北方的冬天日落很早，返程已是夜色茫茫。圣诞灯饰装点下流光溢彩的小镇被渐渐抛在后方，车子驶入一片乡间树林，前灯照着静谧的道路，两旁黑漆漆的。偶尔，从林木后远远闪出几点灯光，忽让我想起很多年前读过的小说版 *E.T. the Extra-Terrestrial*（《E.T. 外星人》）里 E.T. 被神秘的人类灯光所吸引的那一幕……这种清冷夜色里孤车独行的感觉也似乎有一种让人沉醉的吸引力。

【二〇一六年回国散记（节选）①】

乘坐中国国际航空公司航班，经十几个小时的飞行抵达空气朦胧的帝都，转飞上海时因天气原因延误4小时，深夜才到旅馆。虽然很累，但比起航班被取消，激愤得几乎跟国航工作

---

① 暑假因送女儿参加侨办在江西婺源承办的"中国寻根之旅"夏令营而回了趟国，在杭州、上海两地逗留十余日，期间发了若干微博。以下文字大都是在微博基础上略加扩充所成，十分零散，故名"散记"。

人员大打出手的乘客来说已算幸运。

国航纽约至北京航段的机型比以往乘过的好多了，不仅更舒适，空气似乎也不像以往感觉到的那样干燥得难受。此外还有不错的触屏式娱乐系统，我甚至玩了几次"数独"——不过触屏的精密性较差，玩"数独"时常会"指鹿为马"。

回国前想得挺好的：如今到处有免费 Wi-Fi，而我又有通过 Wi-Fi 打国际长途的手机软件，无须开通国际漫游了。到了国内才发现商业场所的免费 Wi-Fi 虽不少，但除宾馆外，都要先提供手机号码乃至其他信息以接收"确认码"，令试图靠 Wi-Fi 打电话的我陷入"先有鸡还是先有蛋"的困境。

说到 Wi-Fi，顺便想起技术的发展让宾馆里某些曾经昂贵的东西免费了，Wi-Fi 就是其中之一。但有样东西无论中国还是外国的宾馆都顽固地维持了收费，那便是电话。利用合法的技术手段，市内、国内甚至多数国际电话都可轻易免费，但哪怕五星级宾馆也依然收取着近乎可笑的国内甚至市内电话费。

此次回国全程都住旅馆，晚上的消遣之一是看电视。几天看下来，电视剧似乎是穿古装的、穿军装的、穿西装的三分天下的局面。

见闻随感

发现西湖文化广场开了家博库书城，去了，书不少，但没找着理科的，于是问店员大学数理化的书在哪儿？店员睁着好奇的眼睛，仿佛这是一个不存在的类别。我说你们有一个高等数学的书架，但旁边却都是中医书，其他学科呢？店员说可能就那一书架吧……

最近若干次回杭州（时间跨度在五年以上），在庆春路购书中心有一个不变的经历，那就是自然科学区紧挨着除臭水平极差的厕所，且通风方式的设计使得臭气被或连续或间歇性地吹往书架，中人欲倒。把那厕所治理一下，自然科学类书的销量没准会有所上升……

走在延安路上汗流浃背，在一家服装铺门口看见牌子说二楼有咖啡，便信步上了楼。环境很清静雅致，且放了不少散文类书，惟光线对读书而言偏暗。拿了本书、点了杯摩卡，悠闲地坐了一小时。从我造访过的该店及书店的咖啡屋、星巴克等处看，国内此类饮品的价格与纽约的基本相同，有些——比如西瓜汁——比纽约的略贵。

在杭州的几天全都闷热不堪，老躲在书店和咖啡馆里也不是办法，今天豁出去，环湖暴走了三小时：从一公园出发，沿湖畔南下，至苏堤往北，沿北山路至六公园毕，计步器显示15 000步。虽汗流浃背，但所幸沿途多有树荫，无日晒之苦。

在北山路上见着一家晓风书屋，买了黄恽先生的《缘来如此》，并盖店章两枚。

一日，在蒸笼般的热度中，信步走过老居民区的一个小公园，一张石椅上坐着三位老太太，前面还站着一位，四人皆白发苍苍，边摇扇子边聊天。在这日渐陌生的都市里，熟悉的乡音，熟悉的蒲扇，仿佛让时光一下流回到了童年……

此次在杭州发现机动车开始主动让斑马线上的行人了，从电视上得知这是新规则。不过，多如过江之鲫的电动自行车似不受影响仍横冲直撞。走多几次后我有点明白了，电动自行车因为灵活，有把握绕开你，故而并不减速。过斑马线的要诀似乎是胆大心不细，心太细了主动躲闪反让电动自行车判不清你的速度容易撞到你。

电动自行车无处不在，哪怕走在貌似人行道的地方，也冷不丁会有电动自行车擦身而过，让习惯于在人行道上闲庭信步的我如同武侠小说里被人悄无声息欺到身旁的习武者一样，猛吃一惊。

在陆家嘴，无数人对着东方明珠电视塔拍照，仅数街之隔的黄浦江畔却门可罗雀。拍照点如此雷同，在社交网站上分享的相片大概是千篇一律者居多吧。沿浦东的黄浦江畔漫步，最诧异的是观光步道居然不连通，而频频被店家及游船码头等所割裂。午饭时忽想问店员附近是否有书店，自知多半会被当成火星人，终究压下了没问。

上海虹桥交通枢纽的硬件是一流的，有些设置却不甚方便。晚间从 2 号航站楼的地铁站出来，顺着出租车箭头走走走，居然一直被引到了高铁站才有出租车。不知是否是等候点太过集中之故，虽已晚上 9 点，且非周末，在闷热污浊的空气中等候出租车的队伍仍一眼望不到头……①

高铁站等出租车的状况对司机也是不可承受之重，一位司机对我所住旅馆离高铁站太近大为不满，称自己在此处要排一个多小时队才能轮到一次拉客人的机会，我却只给他带来二十几块钱的生意……

清晨豆浆油条包子馄饨，白天买书观景会友暴走。晚上则翻开日间斩获的新书，随意读上几页，或打开电视看点奥运比赛……十余天的闲适过得既快又慢：转眼就到了启程返美的日子，不可谓不快；而满满的记忆，数以百计的照片记录了每天的悠长和惬意，是为慢。

_____

① 后据博友说航站楼的楼上也有出租车，我也许是被地下层的标志误导了。

北京首都机场真是"雷区"，往返皆出状况。来时转机已因天气原因延误过 4 小时，去时又因天气原因大面积取消航班，致使上海到北京航段被推后一天，连带着北京至纽约航段也遭改签。被国航拉到一"五星级快捷酒店"（郭德纲语）过夜。

次日天公帮忙，虽仍有延误，总算到达了帝都，因北京到纽约航段改签，照规矩由国航安排住宿，结果等了两个半小时国航仍称没找到旅馆，一同等候的旅客中甚至有比我们早几个小时就开始等的。到傍晚六时许我决定放弃，在候机楼里花 10 分钟时间自己找了旅馆——当然费用得自理了。

准点登上北京至纽约的飞机，天气又晴朗，总算长舒了一口气，以为不会再有波折了，岂料国航的一位空姐突然晕倒，致使航班延误一个半小时。从旅客及空乘人员处听得的消息是该空姐的晕倒系节食过度所致，且前天已晕倒过一次。这是此次回国的最后插曲。

【二〇一八年回国散记（节选）①】

送女儿到厦门参加夏令营，7岁的儿子跟着妈妈到纽瓦克（Newwark）机场送行。经过安检后，即将前往登机口的我们回过头来，远远看见儿子在拼命向我们挥手告别。女儿举起双手，用两只手的食指和拇指拼出一个"心"形，儿子立刻也举起双手，比了同样的手势。他们"小两口"的感情还真是不错。

国航的飞机上向来是华人居多，但从未如此次般鲜明，在候机室里一眼看去，数十张面孔居然没有一张是老外。不过上了飞机后终于在经济舱的首排看到一位老外。那排的电视是由椅子把手处拉出并打开的，有点像霍金轮椅上的电脑。巧的是，我看见那位老外时，他正在打盹，脑袋歪着，乍一看简直是一个肥头版的霍金！

送女儿赴营地报到前，先带她到中山路步行街一带走了走。女儿很快记住了"鼓浪屿"这一名字，因为在轮渡码头附近，每走20米就会遇见一次"要不要去鼓浪屿？"的问话。问话者

---

① 这是继2016年之后，第二次因送女儿参加侨办的"中国寻根之旅"夏令营而回国。此次夏令营的地点在厦门，我则在厦门、杭州、深圳三地共逗留十数日，期间发了若干微博。以下文字基本上是微博的简单拼合。

有男有女，有老有少，多着便服，看不出是旅游从业者，待人走近才突然发问，让我想起电影里的秘密接头者。

上一次游厦门是中学毕业那年，旧地重游勾起了我久远的记忆。那年住在母亲的一位朋友家，对方的形貌已模糊了，一个谈话细节却仍记得，是对方不知怎的对我说起了"骄傲使人落后"这个老生常谈，我顶牛道：骄傲有两种，一种是自满的骄傲，另一种是自信的骄傲，前者使人落后，后者却不妨碍进取。

这种顶牛如今想来有些失礼，以中学时代之叛逆来衡量却也寻常。那时对老生常谈多不以为然。比如"全面发展"是另一例（我一向认为世上的最好大都是由不全面发展的人创造的）。也许可以效仿一句名言这么说：20岁之前不会顶牛是没出息的，30岁之后只会顶牛也是没出息的。

离开厦门赴杭州前的最后一天，拟乘厦门的环岛双层观景巴士，便到机场停靠点候车。一同等待的还有一位老外，是拿了转车券的（可见该巴士是真有，而不是我被过时资料所误）。然时间早过，观景巴士却久候不至，遂决定改乘酒店提供的免费普通巴士。后者的缺点是只能去一个点，我选了厦门大学（自读过《两地书》，就想着哪天追索一下鲁迅在厦大的足迹）。临走前，见老外仍在痴痴等待。

等双层巴士虽不顺，在普通巴士上的运气却不错：来的是小巴，且已满座，于是我被安排坐在了副驾驶座，观景视角不逊于观景巴士。车到厦大白城站，先去海滩转了转，然后往厦门大学。但到了才发现，厦大不是外人想进就能进的，校门口除"严禁黄牛黑车，严禁野导拉客"等告示外，还列出了开放时段。其中第一个时段始于中午 12 点，限员 300。由于当时才 11 点（已有百来人在排队），我懒得等了，决定改赴厦门书城。走之前听队伍里有人议论说厦大已算不错了，北大清华甚至要预约……最终，在厦门书城为当日行程画下了心情转好的句号，买了 4 本书名带"书"的书：韦力的《失书记》《得书记》，谢其章的《出书记》，以及吴泰昌的《我认识的钱锺书》。

厦门书城上下 5 个营业楼层，其中数学、物理只在角落里占了一个半书架。书少了人自然也少，于是连电费也省了，那区域的灯光昏暗得几乎难辨书名。使劲看了一会儿，不仅没看到可买之书，连想要抽出来翻一翻的都没有，倒是见到罗素同学的《物的分析》，大约有个"物"字的缘故，位列于物理书架上。

从前印象里的厦门，是一个人口意义上的小城市，但此次重游，却惊讶于她的规模。倒不是因为街上的人多（街上的人其实反而少得出乎意料，周日的中山路步行街居然也行人寥寥），而是外围楼群的庞大。集美，记忆里的恬静小镇，简直成了楼的海洋，高达数十层的居民楼几乎延绵到厦门北站。

旧地重游，也愈发觉出旧城改造实在是件不易之事。厦门不是一个原先规模很大的城市，又经过了作为特区的数十年超速建设，简陋残破的旧民房依然随处可见。哪怕在中山路步行街那样沿街店面修缮或重建一新的区域，也几乎是随便往哪个小弄堂里看两眼，就能见到墙面发黑的旧民房。在湿热的空气里，有些旧民房的一楼住户赤着膊，敞着大门，坐在昏暗的屋里度日，光阴在那里似乎凝固了。

厦门地铁上的报站用 3 种语言：普通话、英文、闽南语。闽南语的"安全"听起来有点像"暗算"，因此每到一站，总觉得广播里在提醒：下车请注意暗算。

由厦门乘高铁北上，沿途的观感是：中国迄今的发展有一种城市（尤其大城市）赢家通吃的意味。好的街景、设施、品位、情调都集中在城市。就连迪士尼那种需大片土地的游乐场也落户于大城市。小城市当然也并非没有发展，很多高楼崛起于农田间，但绿化等却差之远矣。个人自建的屋宇更是在审美上一塌糊涂，且相互间几乎零距离倾轧，给人的感觉是早已有超越温饱的实力，却只有解决温饱的心态，某些地方甚至有一种豪华版贫民窟的奇异感。

见闻随感

沿途所见的乡村里，印象最深的单体建筑是矗立在福建山区某山坳里的一座规模宏大的簇新庙宇，通体漆红烫金，极具暴发户色彩，在阳光下泛着明晃晃的光亮，甚为触目。可惜高铁一掠而过，不及拍照。

忘了这季节的杭州是雷雨的天下，也忘了带伞。结果在某次回旅馆的公交上，窗外开始下雨，且电闪雷鸣、越下越大。眼看下车点将至，心里发愁。下了车，奋力冲进站旁唯一的店里。雨哗哗下个不停，我无所事事。那店若是杂货店，我定会买伞；那店若是饭店，我定会吃饭；那店若是书店，陈列的书哪怕再乏味，我也将就着翻了。然而……那居然是一家参茸行！

这回到杭州，第一次感觉到老城区范围内不太有建筑工地了——不是没有，而是少得多了，甚至似乎比曼哈顿还少。我猜是房价太高，拆迁补偿费太高，同时老城区对建筑高度的限制又较苛刻，拆低建高的余地有限所致。

前些天提到厦门外围建起了大量高楼，这并非厦门之独有，而几乎是所有城市的共同景观。离杭时，在赴杭州机场的途中，路过昔日被视为乡下，如今已并入杭州市区的萧山，那里也建了无穷多的高楼，一派都市景象。然而那无穷多的高楼却抑制不住房价的节节攀升，看来人口及人们囤房的胃口是更高阶的无穷……

貌似国内航班大都有不止一个代码，有的甚至多达五六个。夏季航班延误和取消频繁，在广播里一听到自己的航班号，耳朵"嚯"地就竖起，急欲知道下文。然而……必须先慢吞吞地听完另外几个代码。

早晨 9：20 左右，由深圳北站乘地铁前往市民中心，车上的人多得出乎意料，是这些年在非上下班高峰时段遇见的最拥挤状态。市民中心一带本身却气派而空旷，人车皆少得出乎意料。乘车返程时我就后一点问了司机，司机的回答用戏剧性的话来转述乃是：这里是市民中心，市民来干吗？

这几天深圳的雨真多。今天早上瞅准一个出太阳的空隙，步出酒店，去往数百米外的地铁站。但才行数十米，艳阳犹在，雨又落下了，仿佛武侠小说里那些带着迷人笑容出手的美女，将我逼回酒店。想仿老舍先生写济南的雪的样子写深圳的雨，可是对旅人来说，雨真是太麻烦了，赞无可赞啊……

这两天乘了若干路公交车浏览市区（这是我"古已有之"的兴趣），见了昔日出镜率很高的罗湖口岸等。乘车时屡屡把"扫码成功"听成"老马成功"（还纳闷那是什么公司的"切口"），并且时隔多年再次见到了在车上售票的售票员及小时候那种从一个小票本里一张张撕下来的车票。

逛了博友推荐的西西弗书店中的两家。西西弗书店跟矢量咖啡的组合大约类似美国的 Barnes & Noble（巴诺书店）跟 Starbucks（星巴克）的组合。矢量咖啡是个有趣的名称，本想尝尝，看跟以前喝过的（标量？）咖啡有啥区别，怎奈人流如矢量般进入，座位虽如张量分量般多，还是满了，于是作罢。

也许是学生已放假的缘故，哪怕不是周末，书店里的人气依然很旺。不过要替书店捏把汗的是，多数人似乎只把书店当成出入和借阅特别方便的图书馆。在某些不太宽敞的书店里，坐地阅读者多到了让人难以接近书架的程度，而收银处却哪怕只有一两位收银员，有时仍闲到能聊天。倒是饮品部虽价格已跟国际接轨甚至更高，仍座无虚席，生意看来不错（假定多数人不是买一杯饮料坐一天）。

跟背负着老城区的其他大城市相比，几乎在白纸上建城的深圳以平均市容而论，也许是全国最摩登的，绿化等方面也相当不错。不过几天走下来，跟我对白纸上建城的想象相比，仍有一定差距（也可能我那想象其实是《铁臂阿童木》里的未来世界在我心中的虚影）。不过稍想一下也释然：深圳虽是白纸上建城，但建设标准本身有巨大的今昔之别。20 世纪八九十年代所建的很多楼宇以今日的眼光视之已不仅陈旧，而且落伍，成了一个相对意义上的老城区，且规模不小。

一个人的都市审美是很受环境影响的，成长在中国的大建设时期，我一向喜欢宽阔的大马路和恢宏的立交桥。只有在经历多年异域生活后重新作为行人回到国内，才开始觉出市区内大马路与立交桥的不便。在湿热的天气里，看着立交桥对面的目的地，真有"望山跑死马"的遥远感。而且不独行人如此，车辆似乎也并非纯粹的受益者，叫出租车时，不止一次因处于大马路的"错误"一侧而遭拒载，理由是掉头不易。

此次回国于 6 月 23 日抵达厦门，7 月 11 日返回纽约，除中途从杭州到深圳的航班延误两小时，以及从深圳到厦门首次遭遇高铁延误（也延误两小时，广播里没宣布原因，跟乘务员"私聊"得知是前方有列车抛锚）外，来去都很顺利——虽最后赶在台风"玛丽亚"登陆前飞离厦门的一幕在心理上颇有压力（主要是搞不清台风对厦门机场会有什么影响，怕一旦航班延误，会被迫滞留至台风结束）。旅程中除在厦门、杭州、深圳都买了一些书外，一个很大的收获是在深圳逗留了数日，在南方科技大学结识了多位友人。

【二〇一九年回国散记（节选）①】

2019 年 7 月 23 日

今起，回国参加一些数学文化活动，将在深圳、大连、贵阳、香港等地逗留。早晨大雨，从家到长岛火车站的几分钟步行路成了咫尺天涯，到了机场，雨却又止了，简直是老天在特意为难我。此次乘坐的是国泰航空的航班，由香港进出，比以往乘坐的国航、东航、南航等都空多了，不知是否是香港近期的局势所致。

2019 年 7 月 24 日

顺利抵达香港。国泰上的内地人比例远低于国航、东航、南航等，机上安静多了，与后几家的嘈杂反差甚大，连空乘人员也更安静，不曾一遍一遍地来回巡视，一次次重复注意事项，

---

① 2019 年夏天，我回国参加了 7 月 26 日至 30 日在大连理工大学举办的"第九届全国数学文化论坛学术会议"，以及 7 月 31 日至 8 月 3 日在贵州师范大学举办的"《数学文化》创刊十周年座谈会"。其间在深圳、大连、贵阳、香港各停留了若干天，并在武汉"过境"。以下文字是在微博基础上合并、修订、扩充的结果。

也不曾推销免税商品。在飞机上主要是看书,也看了一部科幻片,还行,但故事未完影片就完了，估计是要拍续集。

2019 年 7 月 25 日

与友人在深圳国贸大厦的旋转餐厅吃晚饭。本拟于夜幕降临前抵达，日景夜景一起看，结果因抵达时位于宽阔大道的错误一侧，司机为掉头花费了大半个钟头，将日景折腾掉了。而夜景因被内部灯光在窗上的反光所叠加，很难看清，就只当普通餐馆，聊天吃菜了。国贸大厦是昔日深圳的骄傲，在第 42 楼陈示了许多政要来访的照片——不过粗略看了下，除一幅某外国部长来访的照片是摄于 2009 年外，其余皆为 2000 年以前拍摄，折射出地位的没落。另外，第 42 层到第 49 层的电梯非常小，显示出昔日的建设标准远逊于今朝——当然，这也正反映出深圳这座城市的突飞猛进，只不过一楼大堂的一部分居然辟为了衣服摊和香烟摊，有一种极度务实、谋生不易的残酷感。

2019 年 7 月 26 日

自昔日的一整年军训后，时隔近 30 年，再次来到大连。在去往旅馆的路上，问前来接机的大连本地人：是否知道大连曾经有过一个大连陆军学院？答曰：从未听说过。是呵，岁月无痕，多少人多少年的青春，在岁月的沧海桑田里，只是一朵随风而逝的浪花……

2019 年 7 月 28 日

此次回国参加的第一项活动——第九届全国数学文化论坛学术会议——连续两天的报告部分结束了。对张益唐的印象非常好，他有一种我特别欣赏的恬淡的气质。在会场内外，常可见到他缓步来去或独自站立在人群里的身影，有熟人与他打招呼，则轻声交谈几句，人一走又恢复宁静。在主办方宴请特邀报告人的酒席上，他的话也很少。他太太倒是很活跃，与坐在大餐桌对角线位置上的友人反复斗酒，每次想说"对角线"却总是说了"对角"二字就卡壳，坐在旁边始终面带微笑的张益唐就轻声提醒"对角线"。他唯一一次主动说话说的是怀旧的话，语气平静，语速平缓，听着很舒服，给我的直觉印象是很有人文沉淀。在整个会议过程中，会场里的听众人数有一个随时间递减的趋势，下午比上午人少，第二天比第一天人少，张益唐是为数不多的从无缺席者之一，静静听着每一个报告。我的报告是在第二天午后，"非战斗减员"已达相当比例，看见他仍坐在台下甚至有一丝温暖的感动。张益唐自己的报告是在第二天上午，是关于 Landau-Siegel（兰道 - 西格尔）零点的，语气一如既往的平静，是所有报告中逻辑最清晰的。

我的"微言小义"（二集）

2019 年 7 月 30 日

昨天是大连活动的最后一天，婉谢了主办方邀请的旅顺之游（因昔日军训时已去过日俄战争旧址等景点，而既为旧址，当不可更新，故不必重游），自己去大连市区转了转（自然，也"顺便"去了书店）。昔日的印象已杳不可寻，大连改变了许多，似乎比记忆里的更喧杂了。再过一小时，我将离开大连，结束时隔近 30 年的重返大连之旅。我的未来还会有一个 30 年吗？我不知道，还会再来大连吗？也不知道。

从大连经武汉抵达了贵阳，这是我初次造访贵州。在大连和武汉机场都听到不少航班延误或取消的通知，心里忐忑，生怕自己的航班也被点到，好在有惊无险。一日内见过了大连、武汉、贵阳三地的机场，比较起来是武汉的既新且大，贵阳的次之，大连的垫底，且贵阳的还在扩建中，以机场而论大连是大大落伍了。

从机场到位于贵阳郊外贵安新区的旅馆足足坐了一个多小时的车，沿途景观交杂，既有草木覆盖完好的青山绿野，也有采石挖泥留下的荒山秃岭，既有整洁气派、摩登靓丽的新建筑群，也有残破肮脏、拥挤不堪的连片旧楼。不过道路本身倒是始终有着不错的标准，位于新区的旅馆更是占地广阔、设施现代，甚至堪称豪华。

2019 年 7 月 31 日

赴青岩古镇游览了一下。以我的肉眼看来，这应该是纯粹的仿古建筑而非古建筑——甚至不是古建筑的翻修。虽非周末，古镇依然游人如织，看来仿古与真古之别对吸引游人不甚重要。整座古镇最具"古色"的其实是地上的青石板——被巨量游客踩上几年的磨损度跟被古人踩上千百年有些相似。穿过无数小店铺，一鼓作气登上制高点，眺望了整座小镇及四周山野，然后沿长城状的石阶而下，最陡处颇有些心惊肉跳，然亦是整个游程中最令人印象深刻、甚至最值得之处。

下午在贵州师范大学花溪校区参加了《数学文化》创刊十周年的纪念活动。贵州师范大学花溪校区是一个新建的校区，漂亮得出乎意料，跟发达城市或著名院校的大学新校区相比毫不逊色，尤其是图书馆，外观极为气派。回想起来，我跟《数学文化》的缘分从 2010 年发表第一篇《黎曼猜想漫谈》开始，与该刊同行了 10 年历程的 90%——且这个比例还在继续增加，继续趋于 1。无论从作者还是读者的角度讲，《数学文化》都是我最喜欢的刊物——从作者的角度讲，该刊不仅从不对我的文字设限，且有非常专业的排版人员，连公式都无需作者自己转成 Word 或 LaTeX；从读者角度讲，该刊是我唯一系统阅读的刊物（我爱读书，但早已很少读刊物）。在我的文字中，数学并不是比例最大的，却因《数学文化》的缘故，让我结识了最多的友人，这是让我极感温暖的。

2019 年 8 月 1 日

　　贵阳附近通往主要景点的道路大都相当不错，且车辆甚少，没有其他省市常见的繁忙和拥堵，猜是百姓拥车不多之故。此猜测由后来导游偶然提及的信息得以印证：导游称 2018 年贵州人均可支配收入比甘肃和西藏还低，在全国垫底。在贵阳附近游览的另一个观感是：贫困区域有一定的"稠密性"，任何漂亮景区的"任意小"邻域内，都往往能见到破旧、丑陋或废弃的民居（不过多为砖房，纵向自比想必已较祖辈进步多多了），以及建筑或生活垃圾。

　　久仰黄果树瀑布的大名，今日终得一游，但于几个主要分景区中，只有时间游了一个。也许是看过了尼亚加拉大瀑布的缘故，瀑布的壮观稍有些低于预想。本拟不顾导游的警告去一下"水帘洞"（导游警告说因拥堵之故，起码要 3 小时），结果洞口还远在视野之外，人流就已水泄不通，只得放弃。不过好歹已从常规视角看过这个中国最有名的瀑布，不虚今日之行了。黄果树的人真多，一半时间花在等候进出景区的巴士上，剩下的时间又有一半花在了行走过程中的拥堵上。不过景区的设施有两下子，无数的空调大巴，巨大的自动扶梯，唯一值得挑剌的是厕所普遍没有手纸——但这远不限于景区。

见闻随感

2019 年 8 月 2 日

　　游天河潭毕。经过了昨日黄果树瀑布人山人海的洗礼，天河潭真是清静得喜出望外，而景致颇佳，水陆搭配亦甚相宜，很是值得。午饭在此地仿古街区里的某餐馆，席间与出版过多部旅行随笔的友人闲聊，得知其旅行摄影及书中相片皆出自"傻瓜机"或手机（因用正式相机容易惊动拍摄对象，不便"偷拍"），顿时解决了让我长期纠结的懒于学习"手动"摄影技术的惭愧感，甚至比天河潭的美景更让我舒心。

　　在贵阳的最后半日，拟往市区一游，问旅馆前台，得知因地点偏僻之故，前往市区虽不难，返回旅馆却不易。后来好在有友人联系了一辆车，才终于成行，在"甲秀楼"一带逗留了一个半小时，沿途则穿越了市区的一部分。贵阳的某些局部比我想象的气派多了，高架桥层层叠叠，大楼垒着山势，真有摩天之状。不过往细部看，则前文提到的贫困区域的"稠密性"仍然适用。将这些年到过的国内城市综合起来看，一个总体的观感是：社会发展水平虽高下有别甚至有巨大分别，但稍具规模的城市都建起了一些在特定视角（通常是俯瞰或远眺）很耐看，能激发本地人自豪感的局部——这是好事，只要那自豪感别膨胀成不可妄议的独断就行了。

2019 年 8 月 3 日

就要离开贵阳了。导游跟我们告别时曾云：来贵州的外地游客只有一个不太大的比例旧地重游，而旧地重游者平均要隔 20 年才会回来。此言姑妄听之，但世界太大，人生太短，一别或许就是永别，再见或许就是不见，对大连，对贵阳，都确实是很大的可能，很多的际遇和缘分亦都是如此。

2019 年 8 月 4 日

此次回国在内地的最后一天重回深圳，去了诚品书店。该书店的规模未必比得上中心书城，但氛围远胜，且少了"红色"书、考试书等，又没有挡在书架前的席地看书大军，感觉清爽多了，收获也大得多。另外，在深圳所住的旅馆名字颇有趣，叫作"马哥孛罗"——若不是前一阵整顿崇洋媚外名称时突击改的名（就像"曼哈顿"改名为"曼哈屯"一样），就是先见之明或歪打正着地符合了风向。

2019 年 8 月 5 日

在福田高铁站等候去香港西九龙的车。候车室的设施挺好，一大批电动按摩椅充作了普通椅子——虽无意按摩，也比普通椅子略舒适。进候车室安检时被要求查看我的书，有些出乎意料。

見闻随感

中午抵达西九龙高铁站附近的宾馆。下午赴尖沙咀诚品书店购书。四时半，书店提前关闭，听说是将有游行，怕被波及。返宾馆稍事休顿后，取消了与友人的餐约，在宾馆对面就近解决了晚餐——饭菜倒还可口。

2019 年 8 月 6 日

今天由尖沙咀乘天星小轮赴中环（小轮很破，但观景仍佳），然后又往铜锣湾，在诚品书店买书 3 册，归程则在码头附近的咖啡馆小憩。

香港不愧是美食天堂，凡我吃过的各种价位的菜肴都很可口，连甜点、奶茶等也都甜而不腻、恰到好处，店家的空调则普遍开得比深圳足，是我这种怕热者的福音。唯一美中不足的是内地到处有的豆浆、绿豆汤等不那么常见。香港的物价跟纽约比不算贵，比深圳则贵得多，但有一样东西便宜得出乎意料：摩天轮居然只要20港元，比美国便宜一个数量级，傍晚时分见到，当即上去坐了坐。

2019 年 8 月 7 日

旅行即将结束。最近 4 年共回国 3 次，每次回国前都视若畏途——因为我坐着无法睡觉，生物钟又特别准，故长途旅行特别累，调时差也特别难；不过回国后的旅游、会友、购书、闲逛，以及摆脱循环小数般的日常工作的轻松，又渐渐让我留恋。但戏剧性的是，每次返回纽约前总会出些状况：前一次是在北京遭遇航班延误，被迫过夜；上一次是在厦门差点被台风追上；这一次则是在香港遇到游行。结果每次当飞机最终腾空而起时，都有一种如释重负的感觉恰好抵消心中的恋恋不舍。

2019 年 8 月 8 日

原以为返程航班会像来时那样空，结果却不然，经济舱彻底满员，灭了我躺着睡觉的妄想。不过返程机型的座椅不错，椅背调节度似乎特别大，居然破天荒地让我睡着了六七个小时。醒着的时间则看了 4 部影片，都还不错，印象最深的是 *Ex Machina*（机械姬），没有沿袭"有情'人'终成眷属"的老套，而是让机器人美女骗取了对其进行"图灵测试"的程序员的感情和正义感，使之协助自己逃出实验室，然后踹掉程序员，独自混入了人类都市，以最终极的方式通过了"图灵测试"。

由于抵达纽约已近午夜，事先订了一个机场附近的旅馆过夜。纽约真是不夜城，不仅从空中俯瞰灯火璀璨，而且 AirTrain（空港火车）在午夜时分依然维持着 5 分钟一班的密度，旅馆也 24 小时免费派车接人。

见闻随感

【我的"瘟疫年纪事"（节选）①】

2020 年 3 月 7 日

　　周六，照例送女儿去哥伦比亚大学参加科学课程。这学期的课程是病毒学（virology），教授每次都会点评当前疫情，我也很有兴趣听女儿转述些内容。

　　女儿上课期间，我照例去楼下休息厅喝茶看书，今天却不巧，休息厅被某个活动包场，只得移步图书馆。岂料才坐片刻，火警声响起，狐疑着站起来，见图书管理员轻声通知：不是演习。于是大家鱼贯离开。我决定先去附近书店逛逛，还未走到校门口，消防车的汽笛声已远远传来。心里倒不担忧——这些年，除"9·11"那天外，从未见过建筑物起火，图书馆起火更是闻所未闻，只不过"误报"也须经消防检查方能取消。逛完书店再回来，图书馆果已重开，于是继续看书，直到女儿下课。

---

　　①　明眼的读者想必看出来了，这个标题是效仿笛福《瘟疫年纪事》而取的。本文收录的是 2020 年纽约疫情期间的一系列"小闲事"微博（截止于本书交稿前夕的 7 月底），所提到的公园都在长岛（Long Island）。

2020年3月15日

　　学校停课，各种周末活动也被取消，倒是多了些家庭时间，于是全家赴贝斯佩奇（Bethpage）州立公园远足。我周末一向不睡懒觉，早餐时间也与平时无异，几条"懒虫"则照例晚起，只匆匆填了肚子。到公园没走几步，大家便一齐饿了（在我是午饭时间到了，在他们则是早餐没吃够），于是就近找了家麦当劳解决"温饱"。麦当劳只开放一半座位，彼此错开，以增加食客间距。郊外人少，倒不至于无座。吃罢开车回到公园，在林间小径走了近两小时。

2020年3月16日

　　为降低人员密度，公司让大家一半时间远程上班。我本周的作息是"三天打鱼（远程）两天晒网（去办公室）"，今天在家。午后，带小孩去附近公园的小湖畔散步。恰逢有人在玩遥控船模，便看了会儿。那船模速度极快，声音很响，在近旁游水的两只加拿大雁（Canada goose）却居然未被吓跑，够淡定的，值得疫情下的人们好好学习。

2020年3月17日

　　今天是疫情期间最后一次去办公室，长岛火车的班次并未减少，但乘客起码少了 2/3，轻易保持了目前推荐的人与人相距6 英尺的所谓"社交距离"。在某个本就较空的区段更是几乎成了我的"专列"——整节车厢就我一人。

晚上，公司取消了只实行两天的一半时间远程上班的方针，改为全部远程。"山雨欲来风满楼"，这是自"9·11"之后最有灾难色彩的情势，差别是："9·11"是以 δ 函数为初始的，此次却像某些好莱坞影片，由一些小小的反常开始，更具悬念。

2020 年 3 月 21 日

上午 11 时许，前往寇塞特（Caumsett）州立公园。此公园面积约 6 平方公里，山坡、草坪、树林、湖泊、海滩一应俱全，上次造访是多年之前，印象却颇深。

不停歇地走了两个多钟头，返回停车场的途中，忽听林中有响动，转头望去，数十米外灰扑扑的似有几条大狗在溜达，心想此地怎会有野狗？片刻，觉得那些大狗正往大路逼近，心里不禁打鼓，往左右看了看，尚有几位游客，脑海里电光石火般地闪过大伙儿合战群犬的荒谬场景，但总算即刻察觉——也因距离更近了——那并非大狗，而是鹿，足有十几只。那些鹿飞奔起来，一齐冲过大路，隐没在另一侧的树林里，女儿甚至来不及拍照。这难得的一幕为今天的公园之行增色不少。

我的"微言小义"（二集）

2020 年 4 月 4 日

　　疫情注定会催生文学作品，只可惜我没有小说家的妙笔，而且我的生活有无疫情都很规律，如同简谐振子用振幅、周期、初位相就能穷尽，只有偶尔白描几句的价值——连这价值也只是为给自己留点记忆。过去几周基本上是周一至周五白天在家工作，间或当当"扫地僧"，在前后院扫扫落叶，剪剪草木，午饭和晚饭后全家去附近公园及空旷地聊天散步，晚上则是看书看电视。周末时间更多，通常会选一个较远的公园逛。今天去的是桑肯梅多（Sunken Meadow）州立公园，这也是靠海的公园，有长长的木栈道和沙滩。适逢天气晴朗，公园又免费（原本要收停车费的，或许因疫情之故取消了），去的人不少，但完全稀疏在了巨大的空间里，木栈道上人稍多，沙滩则称得上空旷。这几周无论平时散步还是周末逛州立公园，都未遇到任何人群，简直十倍百倍于"社交距离"。当然这只是表象，长岛的病患人口比例其实不亚于纽约市，也许是有足够多人往返纽约，像两个相通容器的水位吧。

2020 年 4 月 5 日

　　午后驱车到蚝湾（Oyster Bay）散步，因空间不如昨天的 Sunken Meadow 州立公园开阔，人显得稍密，但只要避开固定路径，与他人维持一二十米距离仍不成问题。见到一个小"聚会"：七八人隔着"社交距离"聊天。用口罩、头巾等遮脸的人比昨天多了，看来是疾病控制中心的新指南正在产生影响。今天散步遇到的一个有趣现象是：一些人把车停在停车场，开着车窗，自己坐在车里——初见时还以为在等人，或尚未下车，留意到好几辆车都是如此之后，意识到那有可能是一种新的——我所不能理解的——逛公园方法，但不太确定，因为样本太少。

2020 年 4 月 12 日

晚饭后换了个离家更近的散步地点：一个大型购物中心。昔日繁忙的停车场变成了巨大的广场，只停了我们一辆车，"社交距离"变成了"不社交距离"。不过发现这个新散步地点的不只是我们，还有一群加拿大雁，以至于散步时不得不留意地面，以免踩到鸟屎。看着暮色下空荡荡的停车场和加拿大雁，忽然想起了以前写过的文章："如果人类消失了……"①

2020 年 4 月 26 日

今天下雨，没法散步，一整天在家喝茶看书，好在昨天到海边沙滩走了两个多小时，属超量散步——沙子软软的，像太

---

① "如果人类消失了……"收录于拙作《霍金的派对：从科学天地到数码时代》（清华大学出版社，2016 年）。

极拳师似的把每一脚的气力都化解掉一部分，走起来格外费劲。因天气转暖，昨天公园的人明显多了。我们到得早，下午两点多就离开，路过门口时发现公园已限流，迟来的车子只得另觅他处了。

2020 年 5 月 4 日

昨天又到 Sunken Meadow 州立公园去散步——该公园是这段时间我们的最爱之一，首先是开阔，很容易保持"社交距离"，且每次都能想到不同的走法，发现不同的角落，有一种寻幽探胜的兴致；其次是方便，高速路对接园区道路，几乎是沿高速路直接开进停车场的感觉。估摸着春暖"人"开，去晚了怕限流，于是上午 10:30 就出发（对家里除我以外的几位，这就算很早了）。到了一看，溜达、跑步、骑车、玩水、钓鱼、支着帐篷、靠着躺椅、晒着日头的都有，人虽不少，却大都集中在离停车场不远的海滩和木栈道上，稍往远走，就基本是"无人区"，迥异于加州海滩或纽约市区公园的"盛况"，或许是因长岛的海滩资源按人头算较为充裕（毕竟南北两侧都是海），也或许是因不曾关闭的公园不易引发抢购般的"蜂拥"行为。

2020 年 5 月 10 日

上午 10:45 左右启程赴 Caumsett 州立公园。昨天出乎意料的冷,甚至一度飘雪,是记忆里唯一的五月雪,但今天气温回升,车流不少,一进停车场就有工作人员在引导(说是停车场,其实是几片大草坪,因此车一多就需引导)。不过跟巨大的面积相比都不算什么,停完车稍走几步人就稀疏了。在这风和日丽的晚春时节,本该多逗留会儿,却发现公园的厕所关掉了,让早晨喝过茶的我只能哀叹这间接限流的高招——但万幸我也知道外出找厕所是麻烦事,出门前去过洗手间,因此好歹撑了两小时。

2020 年 5 月 11 日

在家工作近两个月以来,今天是第三次去超市。三次去的是同一家华人超市,其中第一次不曾排队(从而才有第二次),第二次入场和结账各排 45 分钟队(遂不再去),最近从友人处得知无需排队了,才又重返(人甚至比第一次还少,很欣慰)。无独有偶,亚马逊(Amazon)、开市客(Costco)等处的网购近来也顺畅多了:从最初碰运气订到一两周后的送货时段,到昨天下午 4 点订的东西 7 点半就送到。不过这种局部改善离经济复苏和生活复原还相距甚远。在这个病毒跟经济一样全球化的时代,在这种用前一阵旁听的哥伦比亚大学病毒学课程教授的话说 "one person can start all this again"("一个人就能重启一切")的疫情面前,就连局势已受控制的国家也不得不严防死守乃至闭关锁国。真正的经济复苏和生活复原也许要等到人们不再闻"新冠"而色变的那一天——无论那一天的到来是因疫苗、特效药、病毒的消失或弱化、足够多的人被感染，还是单纯的习以为常。

2020 年 5 月 24 日

这个周末是所谓"国殇节"（Memorial Day），公园的开放范围显著扩大。我们仍去了 Sunken Meadow 州立公园。这个公园从未关闭过，但多开了几处厕所。预计人流会超过以往，停车场上每隔一个车位放了一个隔离墩，算是限流 50%。以往只是散步，这回带了沙滩椅、书本和点心。天气由阴转晴，我们步行两公里至"无人区"，找了处遮荫的地方，以潮声相伴，读了一下午的书。

2020 年 5 月 30 日

赴沙点保护区（Sands Point Preserve）。这里据说是 F. 斯科特·菲茨杰拉德（F. Scott Fitzgerald）名著 The Great Gatsby（《了不起的盖茨比》）里一处庄园的原型，前一阵因疫情关闭，近日重开，是这段时间造访过的唯一收费公园。跟几处常去的州立公园相比，此处多了城堡和花园。在草坪、海滩及林间小径漫步一两小时后，找了处树荫坐下来读了会儿书，并在手机上看了些太空探索技术公司（SpaceX）发射的新闻。

见闻随感

2020 年 5 月 31 日

上午 10 时起观看 SpaceX 载人舱与国际空间站的对接直播——当然，此种"真人秀"不像科幻影片那样一蹴而就，除几个关键环节外，时不时扫两眼即可。直播频道同时也显示评论，其中不少人称其为 fake（假的）。这种一边认定是假的一边追看直播的人，是美国愚昧大军的速写。

下午骑车赴艾森豪威尔（Eisenhower）公园，往返及在园内骑行总计一个半小时。出国以来极少骑车，美国这种自行车是小时候电视里才见得到的所谓"赛车"，彼时垂涎三尺，真骑上了感觉坐凳太硬，还得猫腰，起码是不甚习惯。

2020 年 6 月 7 日

今天天气清爽，早中饭（对我是早饭加中饭，对睡懒觉的几位则是提早了的中饭）之后赴谷溪（Valley Stream）州立公园。这个公园面积不到 0.4 平方公里，是州立公园里较小的。但麻雀虽小，五脏俱全，除了不依山傍海，湖泊、溪流、树林、草坪倒都不缺。粗粗看去，游园者大约是烧烤、锻炼、休闲"三分天下"。由于面积小，以几周前的眼光来看，人口密度可算偏高，不过随着疫情回落，对人口密度的敏感度也在降低。下午离开时注意到入园处已经限流。

2020 年 6 月 12 日

今天是家附近的 Barnes & Noble 书店重开的第一天，也是近 3 个月以来我首次走进超市之外的商店。在整个疫情期间，我最希望能挺过难关的就是书店。今天店里人不多，但看到那些跟我一样第一时间来逛书店的人，有一种亲切感。虽没什么特别需要的书，还是买了一本聊表支持。

2020 年 6 月 13 日

今天赴尼萨库格河（Nissequogue River）州立公园。该公园的原址是一座废弃的精神病院，主要地貌为草坪和海湾，人工设施极少，倒是有若干废弃建筑尚待拆除。我们主要在海湾散步，但今天的"热点"事件却发生在草坪上：家里那位的手机掉了，经研判是掉在草坪上。于是差她们几位去搜寻，我自己在树荫下支了张沙滩椅看书。不一会儿，她们"铩羽而归"，我只得亲自"率团"，家里那位则"鸠占鹊巢"坐了椅子。最后，是女儿眼尖，找到手机，立了"头功"。不过当她蹦跳着跑去邀功时，自己的手机掉了出来，被漫步在后的我捡到，得了"二功"。

2020 年 6 月 20 日

今天赴贝尔蒙特湖（Belmont Lake）州立公园。疫情期间，州立公园曾免费开放，如今随着疫情——或所谓"第一波"疫情——的减弱，收费作为经济活动也恢复了。这公园已十几年不曾造访，有些怀旧意味。四处及绕湖走了一通后，怕热的我便在湖畔找了片树荫，打开沙滩椅坐下看书。期间偶一抬头，居然见到一只白天鹅领着一群灰色的加拿大雁游弋在水上，看来"肤色"对它们不是问题——当然，若有人类的脑瓜，多半得质疑凭什么白天鹅领头，白天鹅"宁有种乎"，等等。用手机拍了几张照片，可惜距离太远，局部放大后很模糊。

2020 年 7 月 5 日

午后，驱车至长滩（Long Beach）。此处有一条沿海而建的木栈道，一侧是民居、旅馆、餐饮等，另一侧是海滩，各色遮阳伞顺岸线逶迤延伸。本拟在海风下走个来回，怎奈烈日当空，无处遮荫，走着走着就"汗滴禾下土"了。估摸着走不完，决定中途折返，没走的部分且留待下次。

2020 年 7 月 18 日

晚饭后赴 Long Beach，那里海滩朝南，原以为可看海边日落，岂料岸线不仅朝南，而且偏东，使日落方向不在海上。在水边散了会儿步，支起椅子看了会儿书。海风甚凉，但空气太湿，并无解暑之感。逗留 1 小时左右，暮色渐浓，便启程回家。归途路旁，某海边停车场上正在放露天电影。这是由疫情而兴起的形式，本系"复古"，却因观众开车入场，坐车观看，跟小时候印象颇深的《小灵通漫游未来》里的影院相似，对我来说别有几分掺着怀旧的未来色彩。

2020 年 7 月 26 日

今天最高气温 35ºC，感觉温度 39ºC，是入夏以来最热的日子之一。我虽怕热，终是敌不过蓝天白云的诱惑，决定出去散步。我们散步多为午后，恰是一天最热的时候，于是挑了个相对阴凉的公园——亨普斯特德湖（Hempstead Lake）州立公园。该公园有一片不小的湖面，沿湖小径多有树荫，绕一圈约 5 公里。那小径虽是沿湖，跟湖之间其实隔着树林，好在每走一段便有通道可抵湖畔，我们也就时不时绕到湖畔看看。湖畔居然有几片小沙滩，一些人在玩沙戏水，直把沙滩作海滩。如此走走停停，花两个多小时才绕完一圈，汗水从额头往下流。但越是这样，回家洗个澡，吃几块冰凉的西瓜，然后冲一杯咖啡，到空调间看书的感觉越好。

书虫说书

最早读杨振宁先生的文字是刚进大学那会儿，在图书馆读到一本《杨振宁演讲集》，很喜欢他的文字及访谈风格（许多文章是访谈记录）。不过说来有趣，多年后，记忆最深的居然是这样一件事情：杨说有一次他在香港坐计程车，司机问他是做什么的，他说是物理学教授，住在美国。司机于是向他咨询说，她儿子在国内××大学念书，受出国风影响联系了一所美国大学（杨表示那是他从未听说过的大学），但学费很贵，该怎么办。杨给那位司机留了张纸条，上面写道："我叫杨振宁，我有两点看法：一、××大学是第一流的大学。你在××念的物理较美国任何大学本科念的物理，可以说只会好些不会差些。二、你在××毕业后，很多美国大学会接受你做研究生，并提供助教位置……现在急急忙忙随便进一个大学，对你一点好处也没有。"当时读这段，觉得既直爽又气派，真是帅呆了。顺便说一下，我故意隐去了大学名，以免被当成是替特定学校做广告。其实那学校名此次重查之前我倒是根本没印象了，印象至深的只是"我叫杨振宁，我有两点看法……"

早年读《鹿鼎记》，对韦小宝的"诸葛之亮""关云之长"之类的"黑话"颇有印象。后来注意到昔日"学衡派"曾有"乌托之邦""无病之呻"等语落到鲁迅手里，被后者变化出"聚宝之门""英吉之利""宁古之塔"等，痛加嘲讽。不知金老爷子的灵感是否来自鲁迅？

董桥散文——尤其书话——的一个有趣并且有些古怪的特点，是常常冷不丁冒出个私交旧朋的名字，甚至只是个昵称，而毫不交代背景。对我这种理科男来说，就好比见到一个没有定义的新概念，很是别扭。不过读多之后也习惯了，反正是散文嘛，而且反正名字也不过是个代号。

有时候，他甚至还会毫不交代地突然从一个中文昵称转变成英文全名，简直是第七重的"乾坤大挪移"。

阿西莫夫毫无悬念地是我拥有其书最多的作者，仅科学随

笔集就有二十几本。跟小时候读过的某些其他科普作家——比如老爷爷对小孙子型的叶永烈——不同，阿西莫夫不仅是一位渊博的作者，而且有一种睿智而风趣的朋友聊天的风格。很多科普作家的书你一旦过了一定的岁数或达到一定的程度就不会再想读，阿西莫夫的书却往往点缀着一些有趣的句子，在不同的年龄能品出不同的味道，且让人产生会心的微笑。

阿西莫夫替 *The Magazine of Fantasy & Science Fiction*（《科学与幻想小说杂志》）写了几十年科学随笔，每满 17 篇就结集成一本书。这些书多年来在旧书店零星淘到过一些，前不久适逢旧书店新进了大批阿西莫夫的书，又淘到一些。数目多了怕买重，上网查了查究竟还缺哪些，结果发现居然只缺 4 本了。巧的是，今天去旧书店恰好看到那 4 本，于是把此类随笔集汇齐了！这件事从未当成一件事去办，更未想到会办成，今天居然办成了，此可记也。

这些随笔集很好地代表了阿西莫夫的科普写作时间线：他的写作是自苏联人造卫星震惊美国后开始向科普倾斜，这些随笔集最早的一本里的最早的一篇与之仅隔一年，而最后一本的出版离他的去世只隔一年。

读韦力《失书记》毕。此书及姊妹篇《得书记》是去年回国所购。韦力的名字最早是在谢其章的《搜书记》里见到的，印象中是一位大款藏书家。这两本书买回后，本不定啥时候才会读，却在翻看姚峥华的《书人·书事》时，读到韦力被石碑压断左腿的消息，大吃一惊，于是拿出他的《失书记》来读。这一读之下，不仅喜欢上了他的书，而且对他的人也很是欣赏——觉得他的性格爽直而真诚。韦力收藏的是古籍，我对古籍则毫无兴趣，但《失书记》的好处是，首先，它其实是一本谈人谈事的书——谈的是爱书之人的故事，而那是我深感兴趣的。其次，《失书记》所附古籍图片上的字极为漂亮，令并非书法迷的我也深受吸引，每幅都细看良久。最后但并非最不重要的是，原以为喜欢古籍的人会比较学究，《失书记》的语言却不仅生动，甚至俏皮。总而言之，下次回国，他的书还要再买。

上文提到韦力是一位大款藏书家，究竟大款到什么级别？《失书记》中有一条线索：书中提到他对一套 20 亿日元的书感兴趣，但"可惜我太穷"，便与友人联手，打算一人出一半。由此看来，他的"流动资金"大约是在人民币亿元的量级。这样的级别，在书中还时常哭穷（倒并非虚伪，否则就不会有《失书记》了），古籍收藏之费钱可想而知。

1755 年出版的两巨卷的《约翰逊词典》（*A Dictionary of the English Language*）和 1933 年出全第一版（12 卷），1989 年出全第二版（20 卷）的《牛津英语辞典》（*The Oxford English Dictionary*）是英语词典史上的两座丰碑。两者的共同特点是用名著引文阐释词意（从而有很高的可读性），区别则是：前者只用引文阐释词意，后者还用引文追溯词意的演变。

早就知道木心有本书叫作《琼美卡随想录》，从未读过，今天才偶然知道"琼美卡"原来是纽约市的 Jamaica。联想起纽约州的小城 Ithaca 被胡适称为"绮色佳"，这些人真会取漂亮名字啊！其实"绮色佳"虽名不虚传，"琼美卡"可是既不"琼"也不"美"，倒是有点"卡"。

本无意读木心，但知道"琼美卡"是 Jamaica 倒勾起了好奇，想知道那地方会有啥随想，找来一翻，碰巧翻到："主啊，没有一种学说堪称万能……人们的错，都错在想以一种学说去解释去控制所有的东西。主啊，为什么没有万能的学说呢？那是因为唯有你是万能的。阿门。"——主啊，你一定是不想我再读木心了……

阿西莫夫是极高产的作家，因为这个缘故，哪怕喜欢他的人，或许也会隐约地认为，以科普而论，他的长处只在文笔，其余一切都是快餐式的。但其实，他的科普作品在内容和结构上也都大有可圈点之处。前一阵，我意外地买齐了阿西莫夫的科学随笔集，于是开始沿他的写作时间线，抽空读他的科学随笔。其中第一本 *Fact and Fancy*（《事实与幻想》）里的第二篇《*No More Ice Ages?*》（《不会有冰期吗》）介绍的是后来被称为全球变暖（global warming）的领域（顺便说一下，"global warming"这一术语在美国几乎已被"和谐"，正式场合往往得称"climate change"了），写于 1959 年，可算这一领域最早的科普文章之一。全球变暖是这些年的热门话题，文章多如牛毛，阿西莫夫的旧作以数据而论自然有过时之处（可贵的是，他在文字中留了足够的谨慎），但以叙述逻辑和涉及的层面而论，那篇文章哪怕以今天的眼光看，也相当出色，在所谈及的诸多层面中，包括了诸如海水中的二氧化碳浓度远未饱和，却为何无法有效降低大气层中的二氧化碳浓度等问题，以及对那些问题进行研究的手段、历史及成果等，系统性相当高。

继续按顺序读前一阵集齐的阿西莫夫科学随笔集。在 1960

年的一篇题为"Beyond Pluto"（冥王星之外）的随笔里，读到阿西莫夫给太阳系第十大行星取名 Charon（卡戎）。由于知道这个名字 1978 年被冥王星的卫星占去了，我顺便查了一下 Charon 的命名缘起，结果发现 1940 年，美国科幻作家爱德蒙·哈密尔顿（Edmond Hamilton）在小说里提到过冥王星的 3 颗卫星，并分别取名为 Charon、Styx 和 Cerberus，这 3 个名字后来都被用于命名冥王星卫星（Cerberus 因已被小行星用掉，改为了相应的希腊名 Kerberos）。而更有趣的则是：Charon 的发现者为该卫星取名 Charon 的灵感其实是来自他妻子 Charlene 的昵称 Char（他认为 Charon 可作为 Char 的"科学版"），后来才知道恰好跟希腊神话命名体系相一致，哈密尔顿和阿西莫夫都只是歪打正着。

　　我爱读书信集，以前曾感慨过电子邮件流行，传统书信恐成绝响。不过退而求其次地说，电子邮件好歹有点书信的影子，法国数学家赛德里克·维拉尼（Cédric Villani）甚至以电子邮件为素材之一出过书。如今看来，起码就中文而言，电子邮件的分量也在快速减弱，现在的通信转为了更"无定形"且不便检索、分类与备份的微信，基本上每过一阵就不得不清除一批，这或许可称之为信息时代的信息退化吧……

《笑傲江湖》里的"三尸脑神丹"虽然被渲染得惊心动魄，其实并不比能致死的普通毒药更厉害。说到底，有心反叛的人吃了哪一种都是难免一死——明白了这个道理，则差别仅仅就是吃"三尸脑神丹"的人必须在毒发前自尽，吃普通毒药的人可以待毒发了再死而已。

看到一个说法，称跟降维攻击之类的新概念相比，老科幻里的宇宙飞船、激光枪、外星怪物等都相形见绌了。不可否认，时常推出新概念对维持科幻的新鲜感是重要的，不过我也愿意推荐阿西莫夫的一个看法，大意是说在科幻中最有分量的不是新概念，而是对新概念的社会后果及新概念之下的社会形态的设想。比如在汽车问世之前设想汽车虽然是高明的，但如果其作用仅仅是将牛仔片里的骑马枪战改为驾车枪战，那别说是汽车，哪怕宇宙飞船也只是新瓶装旧酒，不算有实质的分量；反之，如果想到汽车会使城市扩张、污染加剧、能源紧缺等，就是有分量得多的科幻。回到降维攻击上来，如果它所起的作用只是一种厉害的武器，则跟其他厉害武器相比，不过是改骑马枪战为驾车枪战。

我读文章时，除吸收信息和享受文字外，还会自动处于一种纠错状态，会随时闪过诸如这里缺少说明，这里有个破绽，这里漏了可能性，这里前后不自洽……的念头。对于多数文章，那些念头指向的正是文章的缺陷——或者谦虚点说，是在我看来的缺陷。然而读阿西莫夫的随笔有一点特别愉快，那就是不止一次，在我闪过上述念头后，在接下来的文字里，阿西莫夫会补充道（大意）：当然，有人也许会说……如有"读心术"般地回应了我的念头。这是一种非常亲切的感觉，仿佛这位我素所心仪的作者在与我聊天。

读沈西城《金庸往事》毕。跟那些中规中矩、语言乏味的制式传记相比，此书无论文笔还是内容都有趣多了，且因作者与金庸本人及诸多友人相熟，八卦大大的有。此书的不足是结构不甚流畅，重复累赘、时序倒置等屡有出现，倒像是杂文汇集（但其实不是，故属不足）。另一个特点则优缺参半：此书不为尊者讳，也不以自己所闻为尊，不吝引述异见；但引述时只作简单堆砌，不作丝毫辨析，稍显草率。

倪匡曾说，金庸是一流的朋友，却是最吝啬的老板。且看沈西城的八卦——林燕妮让金庸加稿费，金庸笑眯眯地说："你那么爱花钱，加了又花掉，不加。"亦舒让金庸加稿费，金庸笑眯眯地说："你都不花钱的，加了稿费有什么用？"倪匡也呼吁加稿费，金庸仍是笑眯眯地："倪匡兄，不要吵了，我给你写信。"倪匡登时晕倒——因为倪匡口才了得，金庸不是对手，但笔头却远逊于金庸，一听金庸要写信，就知道完蛋了。

金庸手下"大将"王世瑜（韦小宝的原型之一）曾经说过："我们佩服查先生，他一句号令，我们前仆后继，毫无怨言，《明报》工资、稿费都不如其他报纸，可我们从不计较，工作于查先生麾下，与有荣焉。"

我当年读金庸的小说时，金庸早已封笔不写武侠了，对金庸武侠的数量是"有限"而非"无限"一事，虽也不免长吁短叹，终究不像昔日香港那些"实时"的金迷那样有"切肤之痛"。对后者，沈西城是这样回忆的："1972 年，《鹿鼎记》在《明报》连载毕，书迷都失落哀伤（内里包括了我），如丧考妣。当我看到'全书完'的三个黑体大字时，沮丧、绝望，一涌而上。"

读一部好的小说，看一部好的连续剧，渐渐会把书里、剧里的某些人当成好友，"全书完"或"全剧终"时则仿佛好友离去，不免怅然若失。前一阵看《琅琊榜》就有这种感觉，那些追随金庸小说连载几年的读者的感受也可想而知。

在《爱丽丝漫游奇境记》的开头，爱丽丝看见姐姐在读一本没有图画或对话的书，心想"一本没有图画或对话的书有什么意思？"很多次，我在书店看见题材有点意思的数学书或物理书，拿起来一翻，里面没有一个公式，就又放回架上，心想"一本没有公式的数学书或物理书有什么意思？"

说说自传与他传（两者同属传记，但有时传记会特指他传，由上下文界定）。自传的价值是毋庸置疑的，也是我素所喜欢的。不过价值不等于真实。自传的价值之所以毋庸置疑，是因为就连记忆差错和自我粉饰也是史料——是记录传主记忆差错和自我粉饰的史料。而价值不等于真实，也提示了其他资料的重要性，其中就包括他传。好的他传不仅会参阅自传，且应以较大比例包含自传以外的信息，尤其是自传不太可能涉及的传主一生的最后几年（那几年通常会因伤病无法写作），以及他人对传主的回忆等。他传作者若本身就认识传主或对传主的领域有精深造诣，则可"加分"（罗素就曾表示，他宁愿让一个死敌哲学家而非外行好友来复述自己）——自然，这也并不等同于真实，历史的真实是一个永远需要排查的东西。总之，自传与他传可互为补充，只不过前者是只要对传主感兴趣就必有价值，后者则千差万别。

　　介绍一本有趣的书：《*Fashionable Nonsense*》（可译为《时髦的胡扯》或《流行性胡扯》）。当初买的时候不曾注意到，此书的主要作者原来是数学物理学家艾伦·索卡尔（Alan Sokal）。1996年，为了讽刺"后现代主义者对科学的滥用"（这一目的也正是此书的副标题），索卡尔通过堆砌科学术语炮制了一篇胡扯型的后现代主义烂文（标题就很晕，叫作 *Transgressing the Boundaries: Towards a Transformative Hermeneutics of Quantum Gravity*[①]），投给一份社会学杂志，结果发表了。随后，他公布了自己的用意，如同石头扔进茅坑——激起了后现代主义者的"公愤"（那"公愤"也波及了替他说话的美国物理学家温伯格），整个事件则被称为了"Sokal Hoax"（索卡尔恶作剧）。这本书是索卡尔在这一方向上的扩展之作，对许多知名后现代主义者的胡扯进行了剖析，对其科学哲学根源作了回溯（那回溯本身就是对若干科学哲学家的理论及缺陷的极好的评述）。在大量的分析之外，此书还给出了识别后现代主义胡扯的若干经验法则，

―――――――――――

　　① 这是特意炮制的无意义标题，一定要翻译的话，可译为《超越边界：迈向量子引力的变换诠释学》。

其中一个是：如果你看到一个在物理学中都极少用到的数学概念——比如选择公理——被社会学家大用特用，就值得特别存疑。这个经验法则让我想起所谓的学科"鄙视链"：数学→物理→化学→生物→……→社会学。这个"鄙视链"作为鄙视虽不是"正能量"，用来拓展索卡尔的经验法则倒是不无作用，比如可以这么补充：如果你看到一个在化学中都极少用到的物理学概念——比如量子引力——被社会学家大用特用，就值得特别存疑。总之，这是一本有趣的书——虽然对我来说，看书中引述的那些后现代主义胡扯实在有些气闷，就像看科学家与民科或教徒辩论的文字或录像时，对民科和教徒的胡扯感到气闷一样。

读各种旧神话，其中的想象，比如各种怪模样（巨人、巨兽、"三头六臂"等等）、各种相互转变（"三十六变""七十二变"等等），各种超能力（骑猛兽、飞天遁地、分开红海水，打不死、烧不死、起死回生、长生不老，等等），大都是小孩子也能臆想的。真正让我觉得有创意的只有一个：《西游记》里孙悟空和如来佛赌赛那一段。

读张新颖所著《沈从文的后半生》毕。这本书大量援引原始资料，铺陈得当，文笔平实，是我欣赏的传记写法。具体评

论懒得写了，这么说吧，此书使我对沈从文其人产生了兴趣，且所读虽为电子版，却勾起了买实体书的兴趣（此书新近出了姊妹篇《沈从文的前半生》，有机会当一并购买）。

虽说具体评论懒得写了，有一点感想仍可一述——是关于西南联大的：沈从文晚年的访客中包括了陈省身、丘成桐、钟开莱、王浩等数学家，相识的渊源都跟西南联大有关。那样能结下深厚情谊而非泛泛的文理交融在今天的高校很难寻觅了。

《武林外史》也许是我最早读到的古龙小说，让我着迷过一阵，也对若干片段留有记忆。其中之一是一群江湖豪客欲闯"鬼窟"，一位名叫一笑佛的高手出手考较众人。若干年后，我在温瑞安名作《四大名捕会京师》里读到了极其相似的情节，是一群江湖豪客欲闯"幽冥山庄"，一位名叫屈奔雷的高手考较众人。不仅如此，《武林外史》里的群豪清点雪地足印时，发现沈浪踏雪无痕，《四大名捕会京师》也雷同，发现追命踏雪无痕。更有甚者，《武林外史》渲染了一种不见暗器的神秘伤口，后来弄明白是冰箭所致，《四大名捕会京师》也照搬不误。这么密集的相似出现在小说里，很难说是巧合了。

不过古龙的笔下也不完全干净，一笑佛考较众人时，有一段"纸上谈兵"的比武似乎效仿了金庸《书剑恩仇录》里袁士霄考较张召重的片段——单是"纸上谈兵"倒还罢了，袁士霄最后用一个张以为不可能，袁却能使出来的招数取胜，一笑佛的取胜招数亦是如此，纯属巧合吗？

当然，继续追索的话，金老爷子的笔下也……因为他在《书剑恩仇录》新修版后记里表示，"行文与情节中模仿前人之作颇多"（不过新修版"将这些模仿性的段落都删除或改写了"）。

顺便罗列一下三部小说的创作时间：《书剑恩仇录》（1955），《武林外史》（1966—1967），《四大名捕会京师》（20世纪80年代）。

从几年前开始，读书时看到有意思的部分会贴上标签，以补记忆之不足。一本书若同时有电子版，则标签会做在电子版上（读的仍是实体书）。出于不言而喻的原因①，这两天对丹尼尔·笛福（Daniel Defoe）的 *A Journal of the Plague Year*（《瘟疫年纪事》）产生了兴趣，读了一部分。那是18世纪早期的书，里面少不了诸如彗星预示灾难，预示上帝意志之类的说辞，但

---

① 本书出版时，原本不言而喻的原因也许已不再不言而喻（但愿如此），在这里"言喻"一下：写这条微博时，正值"新冠"疫情肆虐，故对讲"瘟疫"的书产生了"不言而喻"的兴趣。

其中有段话我觉得写得很好，那是在叙述了有关彗星的传统说辞之后，笛福表示他没法像其他人那样看待彗星的预示能力，因为天文学家已经能计算彗星的运动，显示彗星不可能是什么"预言者"。那个时代能写出这样的话十分难得，于是我打算在电子版上标注一下。没想到的是，在电子版上居然找不到这段话。最后我发现，我的电子版的底本是1895年美国教育家G.R.卡朋特（G. R. Carpenter）编撰的，卡朋特在序言里表示删去了一些不适合学校的内容。这样一段最能激发自由思维的内容居然是被一位教育家以不适合学校为由删去了，真是很丑陋。

　　曾发不止一条微博谈论过镶嵌了一千多颗宝石的超豪华版《鲁拜集》随"泰坦尼克"号葬身海底之事，今天重读董桥的《今朝风日好》，才注意到那超豪华版葬身海底后"不到十个星期"，其装帧者弗朗西斯·桑格斯基（Francis Sangorski）竟也葬身水底——在游泳时溺毙了。不仅如此，数十年后，桑格斯基作坊的一位小师傅照前辈的图样重装了一册《鲁拜集》，却又毁于"二战"时的德军空袭。董桥因而感慨道："书籍装帧要有书卷气，要清贵不要华贵，太华贵了恐怕会折寿。"

【金庸小说重读记】

《书剑恩仇录》是我最早读到的武侠小说，最近又重读了一遍。无论那时还是现在，都觉得其中有一个人——滕一雷——死得有些莫名其妙。这位"关东六魔"的老大虽不是好人，但死在袁士霄之手实在太晦气。滕一雷等最初遇到袁士霄是被其所救，对其"不住称谢"。后来二度相见亦"恭敬施礼"，且追随麾下，一同灭狼，没有功劳也有苦劳。三度相见情势稍差，袁士霄欲诛张召重，以为滕一雷等与张一伙，但滕等随即撇清关系，置身事外。至此为止，滕一雷等对袁士霄一直恭敬有加，毫无过节。但后来情势急转直下，先是张召重使计逃亡时莫名其妙劫持了哈合台（哈合台并无人质价值，要想活命，该劫持"红花会"的人，后续情节也未显示劫持哈合台对张召重有任何用处），使得滕一雷等"不及细思，随后跟去"，然后便是袁士霄在追张召重时一把掷死滕一雷（嫌其肥胖挡路？总之很草率）。滕一雷就这样莫名其妙死在了袁士霄手里，仿佛是：金庸要你三更死，谁敢留你到五更？

《天龙八部》中的萧峰之死是全书——乃至全部金庸小说——中最令人印象深刻的情节之一：

萧峰大声道："陛下，萧峰是契丹人，今日威迫陛下，成为契丹的大罪人，此后有何面目立于天地之间？"拾起地下的两截断箭，内功运处，双臂一回，"噗"的一声，插入了自己的心口。

不过不知有多少金迷记得《书剑恩仇录》里的"小角色"白振之死：

白振凄然一笑，道："……在下不能保护皇上，那是不忠；不能报答阁下救命之恩，那是不义；不忠不义，有何面目生于天地之间？"回刀往自己项颈中猛力砍落，一颗首级飞了起来，蓬的一声，落在地下。

情节相似，但萧峰的人物魅力远胜，给人的印象也深得多。

过去几周养成了一个小习惯：临睡前重读一段金庸小说。迄今读完了《书剑恩仇录》。这是金庸的第一部小说，也是我最早读到的金庸小说，且是唯一一部"倒读"的——是先读的下册（如今想来，倒不失为幸事，因《书剑恩仇录》上册比下册逊色——甚至有些乏味，若先读上册，不仅印象会淡，恐怕连会不会读完都难说）。《书剑恩仇录》作为金庸武侠的开山之作，虽远不能跟后期巨著相比，三位主要人物倒是皆可冠以"最"字，罗列如下，不知读者诸君以为然否：

◎ 霍青桐——最智慧的女子；

◎ 喀丝丽（香香公主）——最美丽的女子；

◎ 陈家洛——最失败的男主角（爱情事业双失败）。

在所有金庸武侠里，我最不喜欢《飞狐外传》（当然，毕竟是金庸武侠，哪怕最不喜欢，其中也并非全无亮点）。但沿袭近来养成的"临睡前重读一段金庸武侠"的新习惯，既已读完《书剑恩仇录》，就自然轮到近于续篇的《飞狐外传》了——也是首次重读此书。之所以不喜欢《飞狐外传》，一是觉得书里的武功太"土"，二是觉得胡斐太过脸谱化（金庸自己也在 1975 年的后记里说过，"我企图在本书中写一个急人之难、行侠仗义的侠士……要他'不为美色所动,不为哀恳所动,不为面子所动'……不过没能写得有深度"）。但不管怎么说，虽然"最不喜欢"，但既然重读，未来免不了要"品头论足"一番，先作个预告。

顺便说一下，将"金庸小说"改称"金庸武侠"，是为了排除我更不喜欢且不会重读的《鹿鼎记》。不喜欢《飞狐外传》可以理直气壮说出来，不喜欢《鹿鼎记》则只能"弱弱"地提一下——因为我知道很多人特别喜欢《鹿鼎记》，不喜欢《鹿鼎记》甚至有被从"金迷"中除名的风险。不过我确实特别不喜欢《鹿鼎记》，不止一次试着去"爱"它，却像某些狗血爱情剧里的强扭的瓜那样不甜。既然喜欢不起来，就只好耍赖不把《鹿鼎记》视为"武侠"了。

接先前的微博，聊聊《飞狐外传》——照例是聊缺陷。当然，金庸小说的缺陷在我眼里绝对是瑕不掩瑜——事实上，岂止瑕不掩瑜，金庸小说之"瑜"对我这代人（最近才意识到加这限定的必要性）简直"罄竹难书"，就凭我一而再，再而三地读它聊它，就可见一斑了。

话说第三章，胡斐和王剑杰比武时，马行空忽然发觉"不见了女儿""徐铮也已不在厅中"，微感愠怒，认为"这等高手比武，一生中能有几次见得？少年人真不知好歹，一溜子就去谈情……"。但后来，金老爷子忘了这茬，罗列厅中诸人时又将徐铮列入其中。这破绽不知是老爷子自己察觉了还是有人向他"举报"过，在新修版里，改成只是"不见了女儿"。但百密一疏的是，"少年人真不知好歹，一溜子就去谈情……"云云却忘了改掉。既然徐铮还在厅里，只是"不见了女儿"，"谈情"的帽子当无从扣起（他女儿虽确实是去"谈情"——跟别人谈，但这并非马行空所知）。

一直觉得，梁羽生小说的一个很大的缺陷是人物脸谱化，坏蛋骗人时就连笑一笑都要特意点明为假惺惺，仿佛生怕读者智商不够，被其蒙蔽。金庸的人物塑造总体而言比梁羽生的高出不止一个档次，也很少用"上帝视角"来为读者"花季护航"。但《飞狐外传》却有些"鸡立鹤群"，不仅脸谱化程度较高，且新修版甚至引进了梁羽生式的糟粕。

我的"微言小义"（二集）

比如第五章胡斐替钟阿四一家出头，打败了凤天南，并威胁杀其儿子。凤表示一人做事一人当，自己不敢再活，但求饶他儿子，然后横过单刀，往颈中刎去。新修版在"往颈中刎去"之前特意加了"假意"二字。这"上帝视角"的二字大大提升了脸谱化程度。更糟的是，若"假意"到底，起码还不失自洽，老爷子却又照搬了原版里有人相劝，凤天南脸露苦笑，挥刀照砍，被袁紫衣相救后则父子相抱，老泪纵横等并非假意的情节，可谓顾此失彼。

金庸在《飞狐外传》新修版的后记里批评了影视改编者对他小说的改动，表示"如有人改编《飞狐外传》小说为电影或电视剧，最好不要'丰富与发展'……不要加上胡斐与程灵素千里同行、含情脉脉的场面"。这我是极赞同的，但也要斗胆说一句：老爷子自己新修版里的某些"丰富与发展"其实颇有些违背此意（虽然老爷子的功力跟影视改编者自然不可同日而语）。比如胡斐与程灵素虽无"含情脉脉的场面"，却添了"倘若我娶了她为妻"的想象。"丰富与发展"得更厉害的则是《射雕英雄传》，就差让桃花岛上人人都爱上梅超风了——连一直打算与亡妻重聚的黄药师也不例外，简直是人设崩溃。

在篇幅较短的金庸武侠中（所谓篇幅较短，是指在36册作品集里所占不超过两册者，若以10万字以上为长篇之定义，则大多仍属长篇），我最喜欢的是《连城诀》和《侠客行》，近来重读了《连城诀》，拟写几条"读后感"。

首先要说的是：金庸这些篇幅较短的武侠里的有些情节似乎是后期著作的"预演"。比如以前提到过，《书剑恩仇录》里的白振之死跟《天龙八部》里的萧峰之死相似。《连城诀》里也有一处"预演"：言达平教狄云剑法时对戚长发冷嘲热讽，狄云忽然宣称"不学了"，直到言达平表示"不再说你师父半句不是"才回心转意。这跟《笑傲江湖》中风清扬教令狐冲剑法如出一辙：风清扬对岳不群冷嘲热讽，令狐冲也宣称"不要你教了"，直到风清扬表示"我不提他便是"才回心转意。

继续写《连城诀》"读后感"。梅念笙将"连城诀"传给丁典是一件很莫名其妙的事，因为世上除他那3个知道剑招顺序的弑师之徒外，其他人得了"连城诀"也没用。因此传"连城诀"对丁典或其他人皆无益处，只是间接增加了3个恶徒得到宝藏的机会。若说他知道宝藏有毒，想借此惩戒恶徒，则又完全没必要采取如此迂回而渺茫的办法。

看《飞狐外传》和《连城诀》时偶然注意到，金庸在新修版里对若干女性角色作了"美白"处理：比如《飞狐外传》描述袁紫衣时有一句"肤色虽然微黑"，新修版去掉了；《连城诀》描述水笙时有一句"脸色微黑"，新修版换成了"脸容白嫩"。说到这个，添句题外话：此种修改在如今的美国几乎能成"罪状"——最近多芬肥皂（Dove Soap）的美白产品因被控偏好白皮肤而拟改名就是例子。世界需要正义，然而理念一贴上"正义"标签，就不仅能披荆斩棘，还可变成"大杀器"。

《连城诀》中的万震山杀戚长发（虽实际并未杀成）也是一件很莫名其妙的事——倒不是说两人有什么同门之谊，而是并无非杀不可的理由，相反倒有不杀的理由——因为万震山怀疑戚长发得到了《连城诀》，不杀才有抢夺的希望，再不济也能尾随监视，杀了则无异于掐断线索。至于万圭看上戚芳，跟宝藏相比根本不值一提（万氏父子并无套问戚芳之举，可见万圭娶戚芳并非为了宝藏），通过杀戚长发来达到目的更是过于离奇。而且，万震山掐死武功低微的吴坎都会受伤，杀武功不在他之下，且精明过人的戚长发而不发出异响，实在极不可能（正因为如此，杀戚长发需要非杀不可的理由——因为做极不可能之事是冒很大的险，不会无故去做）。

《连城诀》是一本"黑暗之书"，着墨较多的人物除狄云、丁典、水笙、戚芳外别无好人。但即便在那样的黑暗背景里，凌退思也黑得有些不合情理：为抓丁典，居然在女儿花圃里放无药可救的金波旬花。其实那时丁典武功未成，有多种办法抓他，根本不必冒女儿中毒的风险。至于后来的活埋女儿，则更是无目的的恶。

文人墨客

　　鲁迅和胡适，同样地对包办婚姻强烈不满，同样地因母命难违勉强结婚，然婚后的鲁老夫子称得上"横眉冷对"（起码没落下把柄），胡大帅哥却四年生三子，造人速度之快跟最如胶似漆的夫妻相比也毫不逊色，可以套用《天龙八部》中形容虚竹同学的那句"当此天地间第一大诱惑袭来之时，竟丝毫不加抗御……"

　　1943 年 8 月，日人片冈铁兵提出扫荡"目前正在和平地区内蠢动之反动的文坛老作家"，不点名地针对周作人。周得知后连撰数文，将被他视为"中山狼"的沈启无扫地出门，并对片冈形成压力，迫使其于次年 4 月写信做出解释并勉强道歉。——仔细想来，在当时的局面下能于文字交锋中迫日人让步实属少见。

文人墨客

其实别说片冈挟入侵者之威权，哪怕在一国之内，文人笔战也大都是死磕到底、各自嘴硬、鲜有让步的。

如果说奥威尔将政论变成了艺术（这是他在《我为什么写作》一文中提到的写作目标，且被公认达到了），那么鲁迅则是将吵架变成了艺术——没有第二人的吵架文字有如此多的"金句"，且仅凭文字的魅力就能让我一读再读。

鲁迅被很多人视为刻薄，被论敌称为"刀笔吏"，然在他游刃有余的文字中却能透出幽默；反观他的论敌，虽无刻薄之名，却常因笔力逊色而露青筋暴起之态，甚为无趣。

张爱玲的自传性小说对很多原型人物都有颠覆性的描述。比如她弟弟，那位在她去世后写下"不管世事如何幻变，我和她是同血缘，亲手足，这种根柢是永世不能改变的"的弟弟，在《雷峰塔》里不仅被写成早夭，血缘亦成了疑点；比如柯灵，那位写过自称为"暮年天真未泯的一个纪念"的《遥寄张爱玲》的柯灵，在《小团圆》里是一位趁着拥挤，在电车上用膝盖夹紧张爱玲双腿的长着"山羊脸"的猥琐男。

按张爱玲最初的打算，那些自传性小说的出版时间都是在她生前（并且也在若干主要原型人物生前），后来由于种种原因被延后了，倒是避免了风波。

鲁迅说过："批评必须坏处说坏，好处说好，才于作者有益。"然而你若被他认定为敌人，则这么做其实也是徒劳，因为他也说过："有些东西，为要显示他伤害你的时候的公正，在不相干的地方就称赞你几句，似乎有赏有罚，使别人看去，很像无私。"——从这些话学到的是：情绪对立时，说什么都是徒劳。

还可以学到的是：很多大道理，很多鸡汤话，都是既可以正着说也可以反着说的，不是什么硬道理。

偶读某明代藏书家日记一则，意境真美[1]："十日，风雨俱狂。舟泊四明邮亭，推篷四望，大雪弥漫无际……呵雪水研墨作诗，复检甬东所市书二十余种。内有熊仁叔《象旨决录》，此我朝解经第一手，觅之数年，如渴得饮，急取读之。时雪从篷隙入，遍满几席间。余以一毯褥拥身，都忘风雪……"（万历

---

[1] 转自黄裳《榆下杂说》。

四十六年正月）

非常喜欢鲁迅的下面这种文字，读着能笑出声来，今人的笔伐再无此等风采：

　　我在厦门的时候，后来是被搬在一所四无邻居的大洋楼上了，陪我的都是书，深夜还听到楼下野兽"唔唔"地叫。但我是不怕冷静的，况且还有学生来谈谈。然而来了第二下的打击：三个椅子要搬去两个，说是什么先生的少爷已到，要去用了。这时我实在很气愤，便问他：倘若他的孙少爷也到，我就得坐在楼板上么？不行！没有搬去，然而来了第三下的打击，一个教授微笑道：又发名士脾气了。厦门的天条，似乎是名士才能有多于一个的椅子的。

如果说鲁迅的文字是"四两拨千斤"的上乘武功，那么今人的笔战则像《碧血剑》里温南扬和崔希敏的打斗："只听得砰蓬、砰蓬之声大作，各人头上身上都中了十余拳……"结局是："温南扬跌倒在地，晕了过去……崔希敏……嘴唇肿起，右耳鲜血淋漓"。

另一个观感是，鲁迅的文字里其实没有今人笔战中时常流露的那种往死里打、甚至恨不能将对方全家老小一并批杀的刻毒感，而多为观点上的归谬，犀利而不失风趣，仿佛棋局上的斗智（即便是以厉害著称的“乏走狗”一文，其中的“走狗”一词也是沿用梁实秋跟别人论战的用语，有一定的归谬色彩）。

假如你无论怎么努力……也不适合成为作家，那也并不丢人。你总是可以继续努力，然后选一个次一点的职业，比如外科医生或美国总统。

——阿西莫夫

读《周作人与鲍耀明通信集》毕。十分喜欢这种由书信和日记组成的原汁原味的资料。周作人的晚年境遇有大时代带来的悲剧性，但在那大时代里却又属不幸中的幸运：他头顶“汉奸”帽子，被目为“死老虎”，失去了拍“新中国”马屁的资格，反倒没写下什么违心之论。晚年读书、著述、翻译，是为数极少在那个时代仍能留下文学遗产的。读此书还有一个印象，鲁迅和周作人大约是最受日本文人尊敬的中国文人，托鲍耀明向周作人求取墨宝的日本文人称得上络绎不绝。

文人墨客

读黄恽先生的《萧条异代》毕。昔日跟黄恽先生在微博上互为"好友"，受益良多，前一阵回国，在书店见到此书，用玻璃纸包着，看不到内页，正迟疑间，在封底读到"一杯清茶，一卷缥缃，我的半个世纪都沉在书里。埋首丛残，不觉鬓添霜丝，面留沟壑，抬眼每不辨昼昏"，当即买了。此书末尾有他女儿的"代跋"，开首一句"我有个嗜书如命的父亲"若放在封底，我也一样会买。

书中印象最深的一个片断是萧乾之子萧桐记叙的 1981 年在美国见到红作家丁玲：

> 她亲切地望着我，拉住我的手一板一眼地说："你应该回咱们国家去。那里才有生活，有斗争。"丁阿姨讲的大约是创作素材，但她布满皱纹的圆脸仿佛印着中国知识分子几十年来的沧桑。她那充满主义信念的目光使我心虚，连忙把眼避开。

古龙小说《大旗英雄传》里有位绝顶高手叫作夜帝，因打赌告负被囚地穴，却凭借诗文、画作、雕刻等引来了大批女孩，将地穴改造得如同仙境。这当然是极度的虚构。不过美国作家亨利·米勒（Henry Miller）的某些经历倒是略有夜帝的风采。米勒直到中年都很穷困，主要作品被美国所禁，一度生活在欧洲。"二战"爆发后，他从欧洲逃回美国，连欧洲的稿费都因战事中断，靠借债艰难度日，却陆续有女孩被他的文字吸引而来（这种吸引力一直持续到他八旬高龄）。米勒写信求援也超乎寻常的有效。有一次，一位朋友在他的"陋室"里看到十几个暖瓶，一问才知道，他向 20 人写信，表示需要一个暖瓶为早餐的咖啡保温，本以为有一两人回复就不错了，结果有 17 人寄来了暖瓶！

> 我自然不想太欺骗人，但也未尝将心里的话照样说尽……发表一点，酷爱温暖的人物已经觉得冷酷了，如果全露出我的血肉来，末路正不知要到怎样。我有时也想就此驱除旁人，到那时还不唾弃我的，即使是枭蛇鬼怪，也是我的朋友，这才真是我的朋友。倘使并这个也没有，则就是我一个人也行。
>
> ——鲁迅

微博时代读老爷子此话很亲切。"想就此驱除旁人"其实就是微博时代的"洗粉"，即"发表一点"让某些粉丝"觉得冷酷"的话，主动驱逐掉三观不合、谬托知己的粉丝。"末路正不知要到怎样"亦正是我发某些微博时的感想。当然，我也"未尝将心里的话照样说尽"，因为——同样也是老爷子的话——"我还想生活，在这社会里。"

保罗·费耶阿本德（Paul Feyerabend）是一位接触过一些零星观点就让我觉得不屑的科学哲学家，不过也曾买过他的一些书。近日打算系统地读读他的代表作和自传，结果代表作实在读不下去，简直要套用郭麒麟、阎鹤翔相声里的台词说一句"就这么个货居然这么红"。倒是自传还行，有不少见闻和若干坦诚回忆。

费耶阿本德回忆说，很多批评者宣称"费耶阿本德说过某某观点"，他信以为真，就开始为"某某观点"辩解，后来才发现"某某观点"是批评者栽给他的，他说过的其实跟"某某观点"相反。这大概是想说明批评者没读懂他或居心不良吧，可惜把自己也绕进去了，显露出他可以为辩解而辩解。

费耶阿本德的成名恐怕主要是借了20世纪六七十年代美国"新左派"运动的东风。他的代表作《反对方法》的副标题"无政府主义知识论纲要"就透着浓重的新左派色彩。

《围城》对知识分子讽刺得很深，不过那些知识分子的"朋

友圈”里，起码是不太聊谁谁钱多谁谁钱少，谁谁家的小孩成绩好……

前些天买了一本亨利·米勒晚年写给年轻女星布伦达·维纳斯的情书选。此书以前在董鼎山的《西窗拾叶》中读到过介绍。维纳斯本人为此书撰写了大量说明，其中篇首介绍了两人交往的缘起：在原本要听米勒演讲的那个晚上，维纳斯家中失火，错过了演讲。但她依然想见米勒，便四处打听其地址，后来在一个拍卖行见到一套书，其中夹了一封米勒写给一位女子的信。维纳斯花3000元拍下了那套书，从而也拥有了那封信上的米勒地址……

这本书让我想起叶永烈所编的《梁实秋·韩菁清情书选》。两位老先生晚年写情书的能力和热情有一拼：梁实秋的情书厚达600多页；米勒这本篇幅虽薄，但只是因选得少（不到1/10），他实际写给维纳斯的情书多达1500封。

太喜欢鲁迅的下面这种文字了，如果有人用这种水准的文字骂我，我恐怕不但不会生气，还会在心里视其为友的：

我在"革命文学"战场上，是"落伍者"，所以中心和前面的情状，不得而知。但向他们屁股那面望过去，则有成仿吾司令的《创造月刊》，《文化批判》，《流沙》……

从不在微博上点蜡烛，今天例外……金庸先生千古！ ①

1942 年 2 月 13 日，阿西莫夫的一篇小说遭到了著名编辑约翰·W. 坎贝尔（John W. Campbell）的退稿，坎贝尔并且在退回的稿件里附了一张小纸条，上面写着正丁硫醇（butyl mercaptan）的分子式 $CH_3CH_2CH_2CH_2SH$。正丁硫醇是一种散发臭鼬味的物质。这是阿西莫夫收到的最刻薄的退稿。好在那天恰好是他得知自己通过哥伦比亚大学博士生资格考试的日子，兴奋盖过了退稿的沮丧。在坎贝尔的纸条上，阿西莫夫画了一个香豆素（coumarin）的分子式，表示那将是下一篇小说的水准。

---

① 本条微博发布于 2018 年 10 月 30 日——金庸先生去世之日。

当我在一家旧书店工作时（如果你从未在那里工作过，很容易将之想象成风度翩翩的老绅士们永恒翻阅着皮面精装本的某种天堂），最让我吃惊的是真正读书人的稀有。

——乔治·奥威尔

影视点评

昨晚携全家看了 *Frozen II*（冰雪奇缘 2）。看完后，女儿当即将之与 *Frozen* 并列为她最喜爱的片子，已记不清 *Frozen* 情节的儿子也欣然"附议"。我初到美国时曾频繁光顾影院，最近这些年去得少了，且往往延至热度散尽才去，这部数日前才全球公映，并以巨大优势创下动画片首映票房纪录的片子是鲜有的例外。动画片在我的早年印象里是面向儿童的，直到如今，潜意识里依然是带着"陪孩子"的意味去看的。但实际上，像 *Frozen II* 这样的动画片已近乎完美地做到了老少咸宜，不仅有不亚于传统大片的恢宏场面，而且将儿童的纯真可爱天衣无缝地交织在幽默里，避免了哄小孩式的刻意幼稚。由于光顾影院的次数已很少，一个随之而起的野心是：希望被我选中的影片多得奥斯卡奖，能让我与有荣焉。祝 *Frozen II* 好运！

自翁美玲之后终于又看到一个比较喜欢的黄蓉形象了：2017版的《射雕英雄传》，李一桐所饰之黄蓉。

粗略看了些该版的片段，发现翁美玲版在化妆、衣着等方面对后续版本的影响相当大，几乎所有角色一亮相就能凭翁美玲版的印象认出来。另外，郭靖的演员有些逊色——倒也未必关乎演技，而是长相比较机灵，演气质憨笨的郭靖，不免带点聪明人装傻的感觉。

改编剧情的导演没一个懂武侠的。欧阳克向完颜洪烈手下引见欧阳峰时，书中恰如其分地写道，彭连虎、沙通天等人一齐躬身唱喏，显得既敬且畏，复大有谄媚之意。被导演改成了彭连虎等人一同冷嘲热讽，藐视欧阳峰，看来是导演借给了他们几个胆子。

最近在看本尼迪克特·康伯巴奇（Benedict Cumberbatc）主演的电视连续剧《福尔摩斯》（Sherlock），福尔摩斯的一大绝活是见到一个人就连珠炮式地说出此人的大量信息。最妙的一次是在法庭上轻蔑地道出了陪审团成员的身份，无形中嘲讽了陪

审团制度。不过等到谷歌眼镜一类的技术成熟后，这种眼力恐怕就没什么可显摆了。

未来的谷歌眼镜一类的技术——尤其是警方的版本——或许能实时地综合街头监控之类的数据，因此就连对方有什么亲朋、养几条狗之类的信息都未必不能知晓。未来的科技博物馆或许可以放一个有此类技术的机器人在门口，以参观者为对象显摆一下（当然，对某些隐私性的信息得手下留情）。

在所有金庸小说里，我印象最深——并且也觉得最美——的场景是被金庸罕有地称为"武林中第一美人"的黛绮丝破冰进入碧水寒潭的场景。可惜《倚天屠龙记》不若《射雕英雄传》那样受导演青睐，反复重拍，而且黛绮丝并非女主角，恐怕不会有导演用足够漂亮的演员来演绎她——影视剧相对于书的一个很无奈的缺陷便是演员太贵，次要角色不得不各方面都次。

带小孩逛自然历史博物馆，在观看一部有关大爆炸的影片时遇到了滑稽情形：那影片是球幕短片，只不过幕在低处，观众则由高处俯瞰。不幸的是，不知哪来的一只矿泉水瓶掉在了屏幕中央，多数时候因光线暗淡而并不显眼，但大爆炸之后代表

宇宙的球幕被照得雪亮，在所有天体都尚未形成的宇宙中，赫然现出一个矿泉水瓶！

看了音乐影片 *Beauty and the Beast*（《美女与野兽》），照例滞后了很久。老套的王子美女结局，跟同为音乐影片的 *Les Misérables*（《悲惨世界》）相比，音乐也逊色许多，不过有几点是我欣赏的：首先是"Beauty"那么爱读书（这在早年的欧洲是不容易的，她自己也对"Beast"说，她在村里被视为怪人，跟关在城堡里的"Beast"同样寂寞）；其次是那些"会说话的茶壶"等配角，一方面，很可爱；另一方面，他们的一度"死去"是这部本质上为喜剧的影片中最富悲剧感染力的部分。

看了一眼维基百科，其中提到有人质疑两人之恋，有心理学家称"Beauty"得了"斯德哥尔摩综合征"。这么分析童话简直是吃饱了撑的，想挑刺不如挑挑"Beauty"在冰封的城堡外穿裙子也不冷，"Beauty"的父亲大夏天出门居然穿了误入冰封的森林也够保暖的衣服……

我家有一个每周同看一部影片的习惯（也是让小朋友整理客厅的诱饵）。昨晚看了一部"二战"题材的日本动画片：*In*

This Corner of the World（《在世界的这个角落》），觉得非常好。尤其欣赏它的艺术风格以及对悲剧的内敛而非煽情的处理。不过，其中有一处毫无必要的硬伤：把广岛核爆后人影投在石阶上的镜头移植到了一处民宅的墙上，而且那民宅看起来像是木结构的。

滞后一年，用零碎时间在 Netflix（网飞）上看完了《星球大战》第八部：*The Last Jedi*（《最后的绝地武士》）。昔日看第七部时已吐够了槽，这回只记一件小事：莱娅（Leia）公主受伤后，代理指挥的女将军何朵（Holdo）受到了广泛质疑，甚至被疑为叛徒。这时候，本博主坚定地相信了她——因为我相信好莱坞已经不敢让女指挥官变成反角了。我站对了立场。

这两天搜了一通国产影片，最后看了据东野圭吾小说改编的《解忧杂货店》和《嫌疑人 X 的献身》。虽有些东西——比如日本社会那种执著于细致事物或细微事情的工匠精神——移到中国背景里不无失真感，但有东野圭吾的杰出小说打底，依然是为数不多看得下去的国产影片。其中神情和气质演绎得最好的依次是：成龙（饰杂货店老板）、张鲁一（饰石泓）、林心如（饰陈婧）。这两部影片（以及很多其他国产影片）的共同缺陷在我看来是过度的"艳"——无论色调还是别的。比如怎么摸爬滚打衣服都是簇新的——连补丁都是新的，比如脸上抹着黑灰的角色没抹到的皮肤也是白净的，等等。多数角色的说话也有一种端着的感觉。

有些时候，大部头的名著读不下去，倒是翻拍的影视还能看看。不过，在书和翻拍的影视之间，虽然觉着哪一种更好的都有，却只有好书能无数遍地重读，影视则哪怕觉着好，也顶多看两遍就腻了。似乎可以这么说，好书清淡而有余韵，可以像清茶一样一杯杯地续；影视则哪怕好也太浓，像热巧克力，撑死能喝两杯。

偶然看见高晓松的《晓说》最后一集，有几句话原意转一下。他提到互联网时代随便说句话，马上就可能变成种族歧视者、歧视女性者、歧视同性恋者，"我作为一个艺术家，我就不能有偏见的权利吗？……大家说：'哎呀，怎么今天没有大师？'没有偏见哪儿来的大师啊……妥协是没有力量的。你对全世界妥协，你就是空气""当我看到所有曾经的艺术家，现在全都小心翼翼地在那里检查自己的歌词……千万不要不尊重任何一类人的时候，我心里是非常难过的。"

这个话题有一个永远拎不清的争执，那就是你有表述的权利，我也有反对的权利。这话本身没错，只不过如今的反对者多持封杀的态度，并且基本上成功了，从而不再是单纯的观点对观点了。

看完了日本连续剧《新参者》。看推理片最忌知道结果，而我几年前就看过东野圭吾的这部小说，但幸运（或不幸）的是，情节居然忘得一干二净了。这部剧——及东野圭吾的几乎所有推理小说——里我很欣赏的一点是：刑警不像以前看过的国产片里的刑警那样，一副疾言厉色、义正词严的样子。遇到狡辩或谎言，东野圭吾故事里的刑警往往只是含蓄地应一句"这样啊"，待有更强的逻辑和证据时再卷土重来。这种风格与以前看过的国产片的风格相比，仿佛是在"理"的领域里进一步细分了"理"与"力"。当然，这大约也跟日剧里的罪犯不作没希望的狡辩有关，若是碰到中国式的痞子或杠精，含蓄怕是不管用的。这部连续剧的另一个有意思的地方是：普通悬疑故事里伴着紧张音乐突然出现在身后的往往是吓人的事情，在这部剧里却大可放心，因为那一定是加贺刑警。

什么是要出事的感觉？要出事的感觉就是男女主人公郎才

女貌、情投意合，感情事业都蒸蒸日上时，你忽然意识到，50集的片子才演到第15集。

——看电视连续剧有感

旬月之前，承友人推荐，开始看电视连续剧《琅琊榜》，如今已看到第28集，是多年来看过的最好的中文电视连续剧。情节精彩尚在其次，人物的对白、神态、礼仪等等细节皆恰如其分（当然，我不是历史学家，礼仪跟时代是否一致我无法判断，只能说演得非常自洽，并且一丝不苟）。本拟看完全剧再行点赞，忍不住提前一下。

看《琅琊榜》毕，打破了多年来看连续剧不赶进度，时不时跳过乏味片断的惯例。下面的随感会有剧透，未看而拟看此剧者慎入。

上次在微博里说，此剧的亮点之一是礼仪恰如其分，一丝不苟，不妨举一小例（我喜欢从小细节品评片子的水准）：内廷司的黄主司来见静妃，施礼离去时镜头边缘有位宫女恰从门外进来，导演没忘记安排她毕恭毕敬地向黄主司躬身施礼。

片子里的对白也不妨举几处印象特别深的：一是霓凰认出梅长苏身份那个片断——该片断前后的一两集在网上死活找不到全集，只搜出了那个片断本身，但台词、神情、配乐皆极好，看了不止一遍；二是梅长苏请言侯加盟时的对白——面对言侯的质询，梅长苏不答所问，以一句极诚恳的"侯爷，您可愿意？"便说动了后者。这种片言相交让我想起《飞狐外传》里的一个片断：苗人凤眼睛为人所伤，胡斐意欲救助，又怕被其误伤，便以极诚恳的语气说道："苗大侠，我虽不是你朋友，可也决计不会加害，你信也不信？"苗人凤英雄识英雄，不答问话，直接便道："你给我挡住门外的奸人。"金庸于该处写道："胡斐胸口一热，但觉这话豪气干云，若非胸襟宽博的大英雄大豪杰，决不能说得出口，当真是有白头如新，有倾盖如故。"这段话用来形容言侯与梅长苏的这段对白也很贴切。三是誉王谋反，几乎已认出梅长苏身份的靖王下山搬救兵前嘱咐蒙挚"陛下和贵妃一定不能有事"，稍顿，又看了梅长苏一眼，补上一句"苏先生也不能有事"——这个含蓄的处理堪称全剧最令我欣赏的对白。

此剧的最大败笔或蛇足在我看来则是安排背景人物聂锋生还。此安排置夏冬十几年的祭奠剧情于儿戏不说，重复梅长苏生还这一离奇情节在概率上也纯属败笔。而且聂锋的生还对情节并无不可替代之作用，却造成了诸多小破绽，比如为说明"保守疗法"不能除去白毛，居然把聂锋搞得跟白猿似的，莫非连剃毛也不行吗？

但总的来说，全剧不负我上次做出的"多年来看过的最好的中文电视连续剧"之评价。此剧若出现在昔日《红楼梦》《西游记》横扫荧屏的年代，绝对会万人空巷，也肯定会有剧组"二十年再聚首""三十年再聚首"之类的活动，而在当今，则终究只能是一时之杰，就像如今再好的科普书也无法像昔日的《十万个为什么》那样成为举国记忆了——当然，这是时代的进步而非退步。

上个月看完《琅琊榜》后，意犹未尽，曾在网上搜看过北京卫视"大戏看北京"栏目里的《琅琊榜》剧组访谈。其中刘涛（饰霓凰郡主）讲到跟胡歌（饰梅长苏）演两人相认那段戏时，胡歌哭得不行了，鼻涕流到了嘴巴处，刘涛不愿因补妆而破坏情绪如此投入的时刻，就悄悄用手替胡歌擦去了鼻涕。那个花絮使我第一次对演员产生了敬意（倒不是轻看演员，而是我欣赏任何领域杰出的人物时，一般的情绪都只是感谢，敬意的门槛则一向比较高）。看电影电视时，有些情节由于自己看着感动，甚至也能落泪，往往便不觉得演员落泪有什么难。但细想想，观众其实比演员更容易有身临其境感，因为影视技术里的一切逼真配置都是面向观众的，对观众来说，情节在眼前展开，有真实生活般的未知，且没什么可分心的；演员则不同，一切影视技术在他们面前都是脚手架，而且演员一来预知情节，二来

反复背诵甚至排练过台词，三来还有灯光、摄像机、剧组人员
等围在一旁，全都是破坏身临其境感的。

相比之下，很多其他片子里的演员在脸上并无显著悲戚表
情的情况下，眼泪却如超流体般地淌下来，也是我对演员没什
么敬意的重要原因——就好比不会因悬线吊出来的腾云驾雾而
敬佩他们的轻功一样。

最近这些天女儿放寒假，每晚陪她看动漫，至昨晚看完了
Kyoto Animation（京都动画——即数月前不幸遭人纵火的公司）
的 *Violet Evergarden*（意译为《紫罗兰永恒花园》）系列。这部
动漫的主人公 Violet Evergarden（音译为"薇尔莉特·伊芙加
登"）最初是作为一种战争工具而存在的，除战争外不懂其他
东西。她的长官是第一个视她为人的人，在阵亡（只是该系列
的设定，若有续集，我怀疑此人很可能还活着）之前对她说了
一句"I love you"（我爱你），并让她活下去。故事便以 Violet
探寻这句话的含义为线索而展开。由于人世间的情感和概念对
Violet 是陌生的，她的言谈举止有一种我素来喜欢的冷静、理性、
宠辱不惊的气质，有点像 *Star Trek*（《星际迷航》）里的机器人
Data——但比 Data 有亲和力。这部动漫的图像和音乐都很优美，
尤以第 14 集里的音乐给我的印象最深。在那一集里，Violet 要

替一部歌剧写一段符合严苛要求的歌词。一般来说，故事情节里的这种歌剧可以尽情渲染却无需真正呈现——就好比武侠小说里的武功秘籍无需真正写出来。但这部动漫居然真的创作了一段无愧于渲染的歌剧，非常好听。这种每个细节都精益求精的动漫真是不能不让人击节叹赏。

不知诸位看电视连续剧有没有注意到这样一种场景：一批守军在城墙或阁楼上，一旦被进攻方的箭矢或枪弹击中，有很大比例不是往后或就地倒下，而偏偏要往前翻出栏杆，掉到楼下。这是什么动力学模型？

看电视剧《庆余年》第一季毕。这部剧片刻就知不可细究，因此看到皇上分分钟都像刚洗完土耳其浴的样子，侍女穿得跟宾馆服务员似的，也都见怪不怪了（剧中后来倒也有所说明——简言之就是宣称并非回到古代，但那新设定更难自圆，就不说它了）。这部剧的路数也算一种流行：尽可能出人意料，该惊魂的时候泰然若定，该无事的地方步步惊魂，无穷多的小概率巧合，归根结底仍是不可细究。但倒也好看——对电视剧这其实是很高的评价。范闲的现代人气质在那种仿古朝代真是鹤立鸡群——当然，这么说太抬举现代人，现代人里的等而下之者，跟懵懂的仿古奴才相比，奴性毫不逊色，只有更市侩更无耻。

　　看影片 *In Time*（《潜逃时空》）毕。最早知道这部影片是一周前读张宗子的《梵高的咖啡馆》一书时——虽是只言片语的介绍，却引起了兴趣。先到网上找了找，找到一个怪异的版本，字全是反的，仿佛"镜中世界"，音质也很差，不知怎么搞出来的。看了会儿，嫌品质太劣，便花 5 美元在亚马逊买了张 DVD，日前寄到，这才看完。这部影片的设定是：技术的发展使人能永远保持 25 岁的模样，且原则上可以永生。但实际能活多久，则高度等级化：在"贫困时区"，普通人 25 岁之后便只剩一年的倒计时，在"富有时区"，时间则几乎无穷无尽。由于倒计时主宰生命，时间成了唯一"货币"，可以赚、可以花、可以征税，可以送、可以赌、可以劫掠——当然，也有人管。这个设定很新颖——起码我是第一次看，值得花 5 美元。不过除设定外，影片的其他方面就很一般了。比方说，科幻片里的爱情向来是快餐式的，但哪怕以快餐式的低标准来衡量，这部影片里的"荷尔蒙"也太猛了些："富有时区"的女一号闪电般地爱上"贫困时区"的男一号，不仅跟着他逃亡，跟着他"打砸抢"，放弃"永生"，还伙同他威逼自己父亲。至于养尊处优的女一号连尖尖的高跟鞋都不换，就能跟着男一号屡屡飞奔,乃至翻墙、跳窗之类的"科幻"，更是不胜枚举。

【*Star Trek* 散记 ①】

我最喜爱的电视系列片是 *Star Trek*（《星际迷航》②），没有之一。初到美国那会儿看电视还有些累，唯独对这个系列片一见钟情，陆陆续续看过很多集。毕业后有了工作，手头"阔绰"起来，干脆"一掷千金"（1000 美元）买了最喜爱的 *The Next Generation*（《下一代》）和 *Voyage*（《航海家号》）系列的全套 DVD——当然，如今看来是亏大了，因为网飞（Netflix）上就有。

我甚至认为，*Star Trek* 这种科幻片的流行是对科学教育的贡献。诚然，*Star Trek* 并非科学片，甚至以"硬科幻"的标准来衡量也并非无可挑剔，然而正如科学方法重于科学知识，判断一部科幻片是否对科学教育有贡献，关键是看被它所吸引，因它而憧憬的年轻观众会倾向于课堂还是教堂，*Star Trek* 无疑属于前者。

早年在电视上零星地看 *Star Trek* 时，有一集印象极深：

---

① 这是关于 *Star Trek* 的一系列微博的罗列，各片段之间只有很松散的联系。

② 译作"星际旅行"更合适，但似乎"星际迷航"已约定俗成，就"随俗"了。

Captain Picard（皮卡德船长）"陷落"到一个落后星球上度过了后半生，他自己建造了望远镜，日复一日地仰望苍穹，试图找回自己的飞船。最近系统性地重看时，终于又看到这集。那个落后星球在一千年前就已毁灭，皮卡德"亲历"的后半生乃是该星球上的人在星球毁灭前留存自己文明的最后努力：发射一个探测器，寻找一个未来的人，承载那样一段生活记忆。

这一集有一种极富悲剧色彩的美，也极富遐想空间。重看之后，我搜了搜它的介绍，结果发现这一集并非我的个人偏爱，而是被公认为全部 *Star Trek* 中最好的故事之一，并且得过"雨果奖"。

在长达数年的时间里看看停停、停停看看，至昨日终于看完了 *Star Trek: The Next Generation*（《星际迷航：下一代》）的大结局 "All Good Things..."（一切美好事物），有一种告别朋友般的不舍。看这个系列，情节还在其次，最让我入迷的其实是飞船上那些人物间生死不渝的情谊。大结局的末尾，船长破天荒地参与到了船员的牌局中，发牌时，他忽然停下来，目光缓缓扫过那些与他同生共死的船员……那眼神演得真好，留恋、深情，却毫不灼人。那片段我看了一遍又一遍。

曾经说过，昔日花 1000 多美元买 *Star Trek* 的 DVD，亏大了。然而看完这个系列后觉得，若时光倒转，我还是会买——仿佛买了，就留住了那些朋友般的人物。这个系列是我最喜爱的连续剧，没有之一，那位皮卡德船长是我最喜爱的人物，没有之一。

Star Trek 里有一件东西非常重要，那就是"万能翻译器"，有了它，就不必计较不同文明如何交流的问题，可以用英文代表一切语言了。但在 *Voyage*（《航海家号》）的第 1 季第 4 集里，陷落在某星球上的几位飞船乘员的"万能翻译器"被没收了，双方居然仍交流无碍，就不能不说是漏洞了。不过，这一集更大的漏洞是对方——一个星际联邦（*Federation*）从未与之接触过的银河系另一侧的文明——的时钟显示的居然是阿拉伯数字！看来编导在忘了听觉方面必须有"万能翻译器"的同时，还忘了视觉方面是没有"万能翻译器"的。

Star Trek: Voyager（《星际迷航：航海家号》）第 2 季第 18 集 *Death Wish*（《死亡之愿》）是一个情节有些儿戏（Q 居然让相对于他们无限低级的人类来仲裁他们的事务），但从哲学角度讲很有趣味的故事。想要自杀的 Q 为了向人类证明自己死亡之愿的正当性，将大家带到一个象征性的生活场景里：永生的 Q 住在荒漠中的一座孤伶伶的屋子里，外面是一条已走过多次的永无访客的道路，屋子里的 Q 也互不说话——因为能说的话全都已经说过……这种永恒的乏味确实比死更可怕。这个故事也间接呼应了 *Star Trek: The Next Generation*（《星际迷航：下一代》）里 Q 的那些恶作剧行为——因为生活实在太乏

味了。我在一条旧微博里也谈过永生的可怕性——是从一个更宏观的视角谈的①，因此与这个情节本身有些乏味的故事心有戚戚焉。

自 2019 年 3 月开始看 *Star Trek: Voyage*（《星际迷航：航海家号》）系列以来，以平均每月两集的速度缓慢推进着，昨晚看至第 2 季的第 25 集：*Resolutions*（《抉择》）。该集中，珍妮薇（Janeway）和查克泰（Chakotay）在某个行星上遭昆虫叮咬，只有留在那里才不会"毒发身亡"，飞船则在珍妮薇的命令下，由杜沃克（Tuvok）接任船长，继续漫长的返航之旅。然而，正当珍妮薇和查克泰像鲁滨逊一样，渐渐在那个星球上经营起自己的世界——只不过他们的是"两人世界"，甚至开始种菜和造游艇时，飞船回来并带来了"解药"。刚刚萌发的浪漫于是戛然而止……我对这种有时间感的故事素有偏好，而这个故事在短短 45 分钟的篇幅内，把珍妮薇和查克泰在星球上，以及杜沃克在飞船上的心理转变刻划得细致而从容，对节奏的掌握十分了得，在这里赞一下。

昨晚看了《星际迷航：航海家号》的第 3 季第 7 集 *Sacred Ground*（《圣地》），是迄今看过的《星际迷航》故事里最烂的，

---

① 该旧微博收录于《我的"微言小义"》（清华大学出版社，2017 年 6 月出版）。

简直是 Christian Novels（基督教小说）的科幻翻版。《星际迷航》里有若干故事的背景是"土著"将（其他文明的）科技当成"神迹"，有点像知名伪科学散播者艾利希·冯·丹尼肯（Erich von Däniken）的观点。那种观点在 *Star Trek* 的背景下拿来编故事倒是无妨，但昨晚所看的那一集有所不同，几位资深"土著"用典型迷信式的故弄玄虚（其间还夹杂着对科学的冷嘲热讽）指导珍妮薇，且全都精确兑现，与其说是"土著"将科技包装成"神迹"，不如说是讽刺"航海家号"上的人试图将"神迹"诠释为科学，堪称迷信意淫的翻身仗。从迄今看过的《航海家号》系列的故事来看，这个系列对宗教的态度比较暧昧，除昨晚所看的那集外，对查克泰所属之"传统文化"的描述几乎是正面肯定神秘主义，以前看过的第 1 季第 9 集 *Emanations*（《发射》）所描述的一种"土著"的死亡文化，则虽大体沿袭将科技当成"神迹"的路子，却在结尾处安排珍妮薇"发现"一种神秘的能量，暗示"土著"所信的死后世界是真实的。

几个月前曾对 *Star Trek: Voyage* 作过一次少有的差评，之后迄今又看了十几集，虽兴致不减，却都没什么可评的，昨天终于看到了可予好评的一集：第 3 季第 23 集 *Distant Origin*（《遥远起源》）。这集故事里的一种高度发达的生物是地球上恐龙的后裔，离开地球已数千万年。当他们的一位杰出科学家提出所谓"遥远起源理论"，宣称他们跟被其视为低等生物的"航海家号"上的哺乳动物（即人）源自共同星球时，那位科学家就像伽利略一样被视为异端遭到了审判（结局也相似：他被迫宣布放弃自己的理论——不过不是为自己，而是为保护"航海家号"不受牵连）。这一集的亮点是"航海家号"乘员查克泰替那位科学家所做的精彩辩护，有兴趣的朋友可以看看。

写完上面的文字意犹未尽，查了下维基百科，结果发现该集的作者布兰农·布拉加（Brannon Braga）果然有影射教会与伽利略关系的意图，且该集曾于 2016 年被 TrekNews.net 网站评为整个"航海家号"系列里排名第四的最佳剧集。看来我眼力不差。

近日看了 *Star Trek: Voyage* 三四两季的交界：*Scorpion*（《蝎子》）Ⅰ & Ⅱ，*Seven of Nine*（《九之七》）终于登场了。很多年前零星观看 *Star Trek* 时，Seven of Nine 就是《航海家号》系列里我最喜爱的角色之一（另两位喜爱的角色是 Doctor 和 Tuvok——都是理性重于感性，甚至有些机器人色彩的，倒不纯是偏好理性之故，而更多地是由于此类人物在现实世界乃至其他影视中并不多见，从而最有科幻特色，对白也更有趣）。这两集的情节也不错，尤其是开片时 Borg 舰队的神秘溃败，有几分悬疑和武侠的色彩。

文史哲思

一个趣味话题：去年的你还有没有实在性？直觉的答案也许是“否”，正所谓“往事已矣”。然而只要承认“现在”具有实在性，那么去年的你也就有同样的实在性，因为依据相对论，“现在”是因观测者而异的，去年的你完全有可能相对于一个被你认为是“现在”——从而实在——的观测者而言仍处于“现在”，从而仍是实在的。

挚友贝索去世后，爱因斯坦在给贝索家人的信中写过一句很出名的话：“对于我们这些相信物理的人来说，过去、现在和将来的区分只是一种顽固而持久的幻觉。”——这句话并非只是哀婉的悼词。

一则印度裔天体物理学家钱德拉塞卡喜欢的鸡汤故事：五位

王子学射箭,成绩一样,却有一位被视为最好。访客不解,问教练。教练让五人瞄准树上一只鸟的眼睛,但不射。然后问五人各自看见了什么,其中四人除看见鸟的眼睛外,还看见了鸟的身体、树枝、蓝天等,唯有那位被视为最好的说:"我只看见鸟的眼睛。"

从某个方面看,人们在三四十年的时间里是不断干着相同的事情的,这和我们每天早晨要起床和刷牙没多大不同。在刷牙方面没什么进展,在学术研究方面则应当有进展,可实际上进展不是那么经常地发生。我们很可能会虚度三十年时间却一无所获。即使这样,我还是要试一试的。

——汤川秀树

"知其所以然"常被认为是比"知其然"更深入、更有追求的境界。不过在人类科学发展的早期,在完全不"知其然",甚至对"知其然"不感兴趣的情形下就想"知其所以然"是一个很大的误区,而自伽利略等人开始的对"知其然",尤其是定量意义上的"知其然"的重视则是科学发展史上的里程碑。

"科学有可能导致人类灭亡"是一种驳不倒的可能性——因为只要还有人能驳它，它就依然是一种未来的可能性。不过另一方面，如果说我们这个星球上的生命会有任何可能在地球和太阳消亡之后依然存在，那可能性也正是因为有科学。

读科学家的自传和哲学家的自传有一种微妙的观感差异：科学家的自传往往会介绍别人如何将自己的工作推向前进，如何超越自己——哪怕对某些后续进展不无保留；而哲学家的自传往往让人觉得哲学到他那儿就差不多了——起码他涉足过的问题都差不多了，跟他有分歧的人乃是各有各的思维缺陷，才看不到他的正确。

我们从研究科学中学到科学哲学，而不是相反。

——史蒂文·温伯格

读某些前辈科普大家的优秀作品，有时反会生出一种绝望：

已有如此精彩纷呈、深入浅出的科普佳作，却依然有大比例的人宁愿信几本由蒙昧时代传下来的千年古书，莫非真如那句挂在爱因斯坦名下——其实多半系误挂——的话所言，世界上只有两种东西是无限的：宇宙和人类的愚蠢。

理查德·道金斯在一次新近访谈中谈及死亡，其中有句话说得非常好。他表示（大意）：如果说死亡有任何可怕之处的话，那也许是在于其所蕴含的永恒概念，但永恒的真正可怕之处乃是在于想象自己活着度过它。

科学赖以存在的最根本的特点是怀疑精神和纠错机制。科学知识的可信度源自逻辑和证据，同时也可以被逻辑和证据所推翻。科学知识无论比宗教教义高明多少倍，都不是新的教义。科学家的日常工作既包含推进和推广科学知识，也包含推翻科学知识，科学界既褒奖推进和推广的贡献，也褒奖推翻的贡献。常常有人说，科学是一种新的宗教，这种说法在一个很根本的层面上曲解了科学，持这种说法的人无论在具体的科学知识上多么渊博，在一个很根本的层面上，乃是科盲。

　　吃樱桃时，忽然想，我可以向一个未见过火箭的人描述火箭的方方面面，但用尽语汇，也没法向一个未吃过樱桃的人描述樱桃的独特滋味。

　　火箭的特征及樱桃的滋味，除前者偏于客观后者偏于主观外，还有一个差别，那就是前者由部件组成（仿佛广延量的拼合），后者不然（仿佛强度量的融合）。大脑理解前者的能力远胜于后者，即可以很容易地从对已知形状及相互位置的描述中，理解它们拼合出的未知形状，却无法从对若干已知味道的描述中理解它们融合成的新味道。

　　如果我问你：是否愿意跟另一个人在一切层面上完全对换，让对方过你的人生，让你过对方的人生？你也许会陷入得失方面的思考，思考对方的人生有什么好处和坏处，自己的人生有什么割舍不下的东西，等等。然而其实……在一切层面上完全对换跟不换是一样的。

　　哪怕在你癌症晚期、行将就木的时候，如果有人说，他能让你跟世界上最前途无量的年轻富豪在一切层面上完全对换，让对方过你的人生，让你过对方的人生，你也不必欣喜，因为那跟不换也是一样的。

罗素在《我的哲学的发展》一书中写道："关于宗教，我不相信的首先是自由意志，然后是永生，最后是上帝。"我的顺序跟他恰好相反，不相信的首先是上帝（因其捆绑之物太多，最易察觉荒谬），然后是永生，对自由意志则迄今不持立场（因它跟最深层物理定律的性质有关，从而跟科学一样尚无终极）。

波兰哲学家塔斯基提出的解决"说谎者悖论"的方案，是对所谓"元语言"与"对象语言"做出区分。其实，人脑对这种区分有一定的直觉。相声里有个经典游戏叫作"答非所问"，即必须以毫不相关的答案来回答问题。提问者让回答者上当的手段，就是在几个问题之后问一句"几个问题了？"回答者据实回答，于是失败。这"几个问题了？"就是"元语言"里的问题，回答者之所以失败，就是直觉地区分了"元语言"与"对象语言"，将"元语言"里的问题视为了游戏以外的问题。

在我看来，科学的学习有三个层面：科学知识、科学方法、科学精神。对科学有所知是在知识层面上有所训练；从事过科研是在方法层面上有所实践；科学精神则是一种求真、求实，不接受无证据或逻辑荒谬的观点，不视任何观点为神圣，随时愿意接受证伪的精神。目前的一切科学学位——包括博士在内——都只讲究前两个层面，于是会出现信上帝的科学博士这种几乎字面就矛盾的头衔。也许有一天，起码较高层级的科学学位会将三个层面同时纳入，信上帝可以，但这相当于科学精神考核不及格，不该授予较高层级的科学学位。

在科学哲学家之中，卡尔·波普尔（Karl Popper）是我比较欣赏的一位，他的"可证伪性"判据哪怕在科学家之中也是比较得到认可的。但即便对于这种相对来说出类拔萃的科学哲学理论，用以指导科学仍有很大的盲目性和局限性。比如波普尔本人就认为对称性自发破缺是不可证伪的，从而不是真正科学的。

美国物理学家费曼对哲学很不友善，曾给女友一个默比乌斯带，让她去推翻哲学老师爱说的"每个问题都有两面，就像每张纸都有两面"；他儿子一度想当哲学家，他抱怨说哪怕当卡

车司机或跳芭蕾舞都行，为什么竟然想当"该死的哲学家"。在《费曼物理学讲义》里，费曼也向哲学家发了难，表示哲学家宣称的科学必须满足的条件很幼稚，且大都是错的。比如他们宣称的相同实验必须得到相同结果与量子力学矛盾；他们宣称一个实验在斯德哥尔摩做还是在基多做必须得到相同结果，其实不然。比如单摆的平面在斯德哥尔摩会转动，在基多不会（基多在赤道上）。虽有抠字眼之嫌，倒也不失为"以其人之道，还治其人之身"。费曼表示，实验的结果跟地点也许无关，也许有关，我们要接受的是实验的结果，而不是哲学家的论断。

爱因斯坦在题为"关于理论物理学的方法"的演讲中表示，像理论物理学这样的科学体系是"发明"；美国物理学家温伯格在 *To Explain the World: The Discovery of Modern Science*《解释世界：现代科学的发现》一书中则认为，现代科学是在研究自然的漫长征程中，经过不断尝试才"发现"的一种最适合自然的探索方式。科学究竟是"发明"还是"发现"？我的看法是爱因斯坦和温伯格的综合（这不是要滑头，一来是这两人中的任何一位在这种话题上都不太可能全错，二来是这两人的说法本身就显示了不同的侧重点，从而理应综合）：现代科学是用"发明"出来的理论体系，来描述"发现"——并且这种做法本身也是一种"发现"。

　　哲学家有一种将自己观点教条化的趋势，科学哲学家也不例外。比如我较为欣赏的科学哲学家卡尔·波普尔有一个著名观点是：科学理论的判据是"可证伪性"而不是"可证实性"。这本身是敏锐而有道理的，但对"可证实性"的摒弃却被他教条化为了：一个经受过检验的科学理论不仅不能算成立，甚至连近似成立，很可能成立，乃至很可能近似成立都不能算。这是美国科学哲学家希拉里·普特南（Hilary Putnam）在一篇题为《理论的"证实"》的论文中指出的。

【哲学家之死】

　　"瘟疫"时代虽不敢妄比牛顿，起码也得读些书，于是从书架上拿下一本英国哲学教授西蒙·克里奇利（Simon Critchley）的 *The Book of Dead Philosophers*。这个书名直译是《死哲学家之书》，并不太好——虽然所介绍的哲学家确实已死，但一本从古希腊讲起的哲学书能有几个"活哲学家"呢？那样的"死"字实属多余。而且"死哲学家"的重点在"哲学家"，这本书的重点及独到之处却在"死"，以"哲学家之死"为名才更合适。不管怎么说，读这本书觉得不少"死哲学家"死得颇有意思，未来一段时间将摘要介绍几位（介绍时会交叉参阅其他资料）——别误会，不是为了应"瘟疫"时代的景 [①]。

泰勒斯（Thales，公元前 624—前 546）通常被称为"第一位哲学家"或"科学之父"——当然，这种头衔都不是毫无争议的，就算争议不多，也只是因为对那个时代了解不多。除这些堂皇头衔外，我们或许还能赠他一个"第一位体育迷"的光荣称号。据公元 3 世纪的希腊传记作家第欧根尼·拉尔修（Diogenes Laërtius）转述公元前 2 世纪的古希腊学者阿波罗多洛斯（Apollodorus）的记叙，泰勒斯是在观看"奥运会"时中暑而死，享年 78 岁。

毕达哥拉斯（Pythagoras，公元前 570—前 495）及其学派有很多禁忌，其中一条是豆子禁忌。在有关毕达哥拉斯之死的若干传说中，有一个版本是这样的：毕达哥拉斯死的那天，学派正在聚会，"敌对势力"焚烧了聚会场所，在弟子们的拼死保护下，毕达哥拉斯冲了出去，但在逃亡途中，他被一片豆子地所阻，豆子禁忌使他拒绝穿越，结果被追上杀掉。

顺便提一下，*The Book of Dead Philosophers* 一书虽将毕达

---

① 这条"长微博"撰于 2020 年"新冠"疫情期间，故屡次提到"瘟疫"时代。

哥拉斯当作一个"人"来介绍他的"死"，同时却宣称"如今的古典研究者几乎普遍认为毕达哥拉斯是不存在的"。我从书架上"抽查"了另几本哲学史著作，并未见到那样的说法，虽说对毕达哥拉斯那样的远古人物，不存在的可能性是存在的，但宣称"如今的古典研究者几乎普遍认为"不知有何凭据？这点很让我存疑。

赫拉克利特（Heraclitus，公元前535—前475）是以思想晦涩著称的古希腊哲学家，据说他病痛缠身，对人性则颇感失望，故而气质忧郁，被称为"哭泣的哲学家"（weeping philosopher）。他一度上山隐居，过着食草动物般的生活，直至营养不良身体浮肿了才下山就医，可惜未能治好——或者说被治死了。拉尔修记叙了赫拉克利特之死的若干传说，其中最值得为之"哭泣"的传说，是说他用牛粪覆盖自身，以为能消肿，结果（没有标准答案）：A. 被闷死了；B. 被晒死了；C. 被牛粪引来的群犬咬死了。

芝诺（Zeno of Elea，公元前490—前430）是以"芝诺悖论"著称的古希腊哲学家，但他的死在独特性上不亚于他的悖论。据拉尔修记叙，芝诺参与了推翻当时一位暴君的密谋，却不幸败露被杀——具体如何被杀呢？公元1世纪的历史作家瓦列里乌斯·马克西姆斯（Valerius Maximus）给出了补充描述：芝诺被捕后，宣称有一个秘密要说给暴君听，待后者"附耳过来"

时，他一口咬住对方耳朵，直到自己被卫兵杀死。

伊壁鸠鲁（Epicurus，公元前341—前270）作为"享乐主义"（epicureanism）的鼻祖，几乎从他的时代开始一直到现在都蒙有一层负面色彩。但其实，伊壁鸠鲁是一位极有前瞻性的古希腊哲学家，他是原子论的支持者，也是无神论的先驱，他的"享乐"并非如现代词义所代表的那样狭隘，而是包含了对欲望的节制，对智力探索的欣赏和推崇，是摒弃焦虑，追求宁静。若干迹象显示，伊壁鸠鲁死得很痛苦，死前饱受尿路结石的折磨，但他表示，他从探索、发现及教学中得到的精神"享乐"平衡了肉体痛苦。

塞内卡（Seneca，公元前4—公元65）是罗马时期的哲学家，对生死问题很有一番见解。他曾表示（按我自己的理解、引申和表述）：我们并非活得太短，而是浪费得太多；我们恐惧于自己终将死亡，却像永生者一样挥霍时光；不懂得好好的死，就不会懂得好好的活……不过塞内卡虽然好好的活了，也应该算是懂得好好的死，却没能有好好的死的运气：他被当时的罗马帝国皇帝尼禄（Nero）赐死，先是"割腕"，却未死成，继而饮下毒酒，仍不死，最后他让人将自己浸入热水中，据说是被蒸汽窒息而死的（不知要多狭小密闭的空间才能做到这一点，像艺术家的想象图那样怕是不可能的）。

艺术家对塞内卡之死的想象图

奥卡姆（William of Ockham，1287—1347）是大名鼎鼎的"奥卡姆剃刀"（Ockham's Razor）的"冠名者"。不过让我有些纳闷的是，"奥卡姆"其实是他出生地的地名，"William of Ockham"是"奥卡姆的威廉"，照说我们该称他"威廉"（查了几本书，都没查出为何称他"奥卡姆"）。我们对奥卡姆的生平所知不多，连生卒年代都只知大略。罗素称奥卡姆为最后一位大经院哲学家。所谓经院哲学家，本质上是教会的附庸，奥卡姆对宗教也是虔敬的，表示哪怕非理性的信仰也要坚持，因为宗教只重信仰不重理性。这虽是无条件迁就宗教，但把话说得如此直白，"马屁"还是拍到"马腿"上了。奥卡姆被教会宣布为异端，遭过囚禁，后来则越狱逃亡。最终，奥卡姆死于"新冠"——哦不，死于席卷欧洲的黑死病。

法国哲学家米歇尔·德·蒙田（Michel de Montaigne,

1533—1592）最为人知的身份是随笔作家，被尊为"随笔之父"，以三卷随笔风靡于世。在 39 岁那年所写的一篇随笔里，蒙田说自己"起码还要再活同样多年"——可惜未能如愿（那时他的寿命已只剩 20 年）。在另一篇随笔里，他说最糟糕的死法莫过于死前失去舌头，无法说话——却不幸一语成谶（他晚年受多种疾病困扰，虽未失去舌头，却被病痛剥夺了说话能力）。不过蒙田并不畏死，他曾说过自己最害怕的事情是害怕本身（在目前这个疫情时代很值得大家以之自勉）；他还说过永生其实是远比死亡更痛苦、更难以忍受的事情（跟我的一条旧微博不无相似）①。

英国政治哲学家托马斯·霍布斯（Thomas Hobbes）生活在一个动荡年代，甚至有可能因动荡而提前来到了人世——据他自己说，他母亲因害怕西班牙人的入侵而早产，产下一对"双胞胎"，一个是他，另一个名叫"害怕"。人到中年时，霍布斯因害怕英国内战而数度流亡法国。动荡经历深刻影响了霍布斯的政治观念，使他对人生和人性都持悲观看法，主张用威权维持秩序。不过经历虽然动荡，看法虽然悲观，他的人生却出乎意料的悠长——活到那个年代罕有的 91 岁高龄，才因膀胱疾病和中风而离世。他的一位友人在传记里解读了他的长寿"秘诀"，

---

① 该旧微博收录于《我的"微言小义"》（清华大学出版社，2017 年 6 月出版）。

称他勤于锻炼（每每锻炼到出汗为止），喜欢让仆人替他"按摩"，喜欢用唱歌锻炼"肺活量"，他时常吃鱼，不酗酒（60 岁之后干脆戒了酒），不近女色（不过临终前还写过情诗，遗嘱里还给某神秘女子留了钱）。这些解读使霍布斯在哲学家的身份之外，还被一些人视为了"养生大师"或"健身专家"。

法国哲学家勒内·笛卡儿（Rene Descartes）相信人有灵魂。1649 年，瑞典女王被他寄赠的有关爱情及灵魂的论著所吸引，邀请他到斯德哥尔摩讲学。那年的冬天据说是斯德哥尔摩 60 年来最冷的，笛卡儿在给朋友的信中表示不仅是水，连人的思维都凝固了——这话对别人是否成立不得而知，对笛卡儿自己也许是成立的，因为据罗素说笛卡儿的大脑只在暖和时才工作。思维凝固对哲学家形同死亡，笛卡儿的人生也恰巧在那个冬天走到了终点——不幸染上"不明肺炎"（类型确有争议），于1650 年 2 月去世。临终前的笛卡儿曾祝自己的灵魂快乐，但问题是：笛卡儿是天主教徒，却葬在了新教国家瑞典，按教义，这意味着他的灵魂只能在地狱边缘游荡。这莫须有的悲剧自 1666年开始有了转机：人们试图将笛卡儿的骸骨迁回法国。迁徙的过程令人难以置信地持续了一个多世纪才尘埃落定，让后人有足够的谈资写出了一整本书。

理科漫笔

黑洞本质上是宇宙中最完美的宏观物体：构筑它们的唯一质料是我们的空间和时间观念。

——钱德拉塞卡

这句话出自《黑洞的数学理论》一书，未涵盖带电黑洞的情形——钱德拉塞卡没有直接说明为何不涵盖，不过在书中的另一处（并非针对这句话），他表示不预期天体会带净电荷，因此"对带电黑洞的考虑看来不具有实在性"。

当你爱恋时，你想要告诉全世界。我一直爱恋科学，因而世上最自然的事情莫过于向人们讲述科学。

——卡尔·萨根

这是萨根去世前不久最后一次接受采访所说的话，可谓一生之回顾。

　　算术的进展比代数和分析慢得多，原因很容易看出：对连续性的感觉是算术家所缺乏的宝贵指引，每个整数都与其他整数相分离——也可以说每个整数都有自己的个性。每个整数都是某种例外，这是数论中普遍定理较稀少的原因，也是普遍定理更隐蔽及更不易发现的原因。

　　　　　　　　　　　——关于算术，庞加莱如是说

转一条美国物理学家布赖恩·格林（Brian Greene）的"微博"（推文）：竖起大拇指，对着夜空伸直手臂，被你大拇指遮盖的是可观测宇宙中超过 1000 万个星系！

面对如此浩瀚的宇宙，蜗居在小小行星上的人类何其渺小，然而能在小小行星上探索如此浩瀚的宇宙又何其伟大。

由于其晚年反对量子力学，很多人也许有个错觉，以为爱

因斯坦跟不上量子力学的发展，对量子力学的了解也很有限。其实从《物理学的进化》及 EPR 论文 ① 都可看出，爱因斯坦对截至当时为止的量子力学的了解是相当透彻的，并且也承认量子力学是当时无可避免的形式。他所质疑——或者毋宁说持开放见解——的是该形式是否为终极形式。

弦论专家约瑟夫·波尔钦斯基（Joseph Polchinski）在新近发表的自传 *Memories of a Theoretical Physicist*（《一位理论物理学家的回忆》）里提到他小时候判断出引力不是最强的相互作用，因为"我甚至能对抗整个地球的引力而举起我的手。"

相映成趣的是，《费曼物理学讲义》是这么介绍电磁相互作用的："如果你站在与另一个人一臂之遥的地方，每人都有比质子多百分之一的电子，相互的斥力将是惊人的。有多大？能举起帝国大厦吗？不止！举起珠穆朗玛峰吗？不止！斥力足以举起相当于整个地球的'重量'！"

---

① "EPR 论文"是爱因斯坦与鲍里斯·波多尔斯基（Boris Podolsky）、纳森·罗森（Nathan Rosen）合撰的有关量子力学基础的论文，发表于 1936 年。"EPR"系三人姓氏首字母的合并。

因果律、概率、量子力学究竟是什么关系？用一句话来说是这样的：在量子力学中，粒子的运动遵循概率定律，概率本身的传播则遵循因果律。

这句话是玻恩的，恰好把我要的几个词都串好了，若让现代作者来写，多半会把"概率本身的传播"换成"波函数的演化"或"状态的演化"，对我的目的来说反而隔膜了。

有人死了，只有 5 个人有行凶可能，经过缜密调查，其中 4 个人被排除，于是剩下那人被定为凶手。读到这样的故事，连普通读者也能看出漏洞，因为死者完全可能是自杀。然而在数学上，这类漏洞有时能把大数学家也绕进去，在解的存在性尚属未知时就直接求解——当然，运气或直觉好时，解确实存在（相当于死者确系他杀）。

"在解的存在性尚属未知时就直接求解"的一个小例子是证明最大的自然数是 1：设最大的自然数是 N，假如 N 不是 1，则 N^2 是大于 N 的自然数，与 N 是最大的自然数相矛盾，故 N 不可能不是 1，即最大的自然数是 1。

1957 年杨振宁和李政道获得诺贝尔物理学奖，是一个领域用自己的最高奖，来鼓励对本领域一个根深蒂固观念的推翻，非常好地体现了科学的特点。

玩扑克牌时，如果你能算出自己的牌相对于对手牌的好坏概率，并按比例下注，一开始你也许会赢。但如果你总是这么下注，而对手是行家，那他（她）就会逐渐摸清你的路子，从你的下注中反推你的牌，继而逆转你的优势。你的手法叫作概率论，他（她）的手法叫作博弈论。

科学是一段学习如何避免自欺的漫长历史。

——理查德·费曼

不知同学们有没有注意到，跟几何有关的学科，名称里的前缀越浅显，学科就越艰深：微分几何听起来张牙舞爪（微分是大学里的货色），其实是小菜一碟；代数几何听起来平易近人（代数是中学生熟悉的名词），其实却非同小可；算术几何听起来近于胎教（算术是学龄前儿童都能玩的），其实是不让人活的……

粒子物理学家是一个很糟糕的名字，因为我们并非真的对粒子有那么大兴趣，我们感兴趣的是原理。我们用粒子作为探究深层科学原理的工具。

——史蒂文·温伯格

我猜测，如果哪天真有哪位数学家证明了黎曼猜想，他所拟的原始标题里根本就不会包含"黎曼猜想"这个最耸人听闻

的字眼，而是会像怀尔斯证明费马猜想的首个报告取名为《模形式、椭圆曲线及伽罗瓦表示》，或佩雷尔曼证明庞加莱猜想的首篇论文取名为《里奇流的熵公式及其几何应用》那样的低调。

有博友问杨振宁能否与爱因斯坦等少数人相提并论，我曾在"繁星客栈"中谈过相近的话题（主要是谈杨 - 米尔斯理论，因为宇称不守恒虽也重要，却还到不了那个量级），大意是：杨 - 米尔斯理论本身的地位不亚于广义相对论，但杨振宁对杨 - 米尔斯理论的贡献有一定的歪打正着，或许与黎曼对广义相对论、外尔对阿贝尔规范理论的贡献更为相似，与爱因斯坦对广义相对论的贡献是不同的。杨振宁作为大物理学家的声望毋庸置疑，但不将他与爱因斯坦等少数人相提并论算不上是忽略或贬低。

另外还可补充一点：从杨 - 米尔斯理论到具体的相互作用理论还差了规范群的选择、对称性的破缺等问题，那是温伯格等人的工作，本身也都是一流的。爱因斯坦的广义相对论以完善度而论相当于所有那些工作加在一起。

有读者问及杨振宁对规范理论的贡献，这里再补充一段我在微信上回复友人的话：

杨－米尔斯的原始论文就其试图解决的问题（描述同位旋）而言并不成功，但给出了 SU(2) 规范理论的数学形式，可以算作歪打正着。不过倒并不仅仅是"重新发现"，虽然克莱因的五维空间统一场论含有可被理解成非阿贝尔规范变换的数学结构，但侧重点和表述都相当不同，而且杨－米尔斯论文不仅表述上与现代规范理论高度相似，还直接给出了拉氏量（在这点上他们是最早的）。至于泡利，虽明显思考过同类问题，但最早付诸文字是在给派斯的一封信里，杨振宁和米尔斯的研究在那之前就早已展开了。

数学具有星光般的非人的品质，灿烂、明晰，然而冰冷。

——赫尔曼·外尔

近日翻看美国科学作家杰里米·伯恩斯坦（Jeremy Bernstein）的自传，里面有些见闻颇有意思。伯恩斯坦曾于 20 世纪中叶在普林斯顿高等研究院待过一段时间，他说那里的大师云集，对普通人来说是巨大压力，有位从哈佛大学来的学者因扛不住压力，突然遁入空门——加入了某修道院，但后来居

然娶了位修女，又重返物理。伯恩斯坦没说此人是谁。

巨大压力的另一部分是：当时正值李政道和杨振宁发现宇称不守恒不久，该领域成了高等研究院的热门，且推进极快，令人疲于奔命。伯恩斯坦的一位同事感慨说，自己"就像一只小狗在追赶一辆大卡车"。不知如今追赶潮流的人是否也有同样感觉？——当然，那样的大潮流不是时常有的。

说起美国的趣味数学作家，很多人会想到马丁·加德纳（Martin Gardner），除他之外，我觉得雷蒙德·斯穆里安（Raymond Smullyan）也是个人物，可跟加德纳并称"东邪西毒"或"北乔峰南慕容"。两人的相似性还体现在都很长寿——分别活到 97 岁（斯穆里安）和 95 岁（加德纳），而且都在魔术上颇有造诣。以科普而论，则加德纳更高产，涉及的领域更宽广，斯穆里安则更有匠心也更有余韵——他能用趣味问题串联出对整个数学分支的系统介绍，用他一位友人的话说，斯穆里安的科普不仅是趣味数学，且深具教学价值，能引导读者接触数学思维的真谛。当然，这跟两人的数学功底不无关系，加德纳是业余的，故广而不深，斯穆里安则是普林斯顿大学的数学博士，著名逻辑学家阿隆佐·丘奇（Alonzo Church）的学生——换句话说，是艾伦·图灵（Alan Turing）的师弟！

理科漫笔

如果引力有什么吉祥物的话，无疑就是苹果。科学史上流传最广的故事之一——但很可能仅仅是故事——的牛顿苹果传说就是关于引力的；虫子在苹果上蛀一个洞是"虫洞"的标准比喻；苹果若是稍稍干瘪，表皮上的褶痕有点像引力波；甚至不太被留意的苹果梗附近的凹陷，也可作为质量造成的时空弯曲、行星轨道、引力透镜、乃至时空奇点等效应的形象表述。

理查德·道金斯有一个观点，那就是生物进化不是理论，而是事实。初看起来，将理论变更为事实有些鲁莽，但仔细想想，什么是事实？如果上个月1号下午3点到4点A市市区下过雨，这件事日后说起来就是事实。你可以举出气象记录及大量目击者作为证据。当然，肯定也有人那个时段在那个区域，却对下雨一事毫无印象，你不会认为那是反证——也确实不是。但如果"上个月1号下午3点到4点A市市区下过雨"这件事跟《圣经》相矛盾，情形就不同了，肯定会有教徒举出那个时段在那个区域，却对下雨一事毫无印象的人，来表明那不是事实，而至多是理论。生物进化的证据链远比大多数被公认的事实强大得多，称为事实并不过分，也不会对事实一词的惯常用法产生扭曲。

我们想建造这些大机器的原因并不是因为我们想花 40 亿公共资金，也不是因为我们喜欢把粒子分类。这些根本不是原因。原因是这里面有极美的、神秘的、可能有大威力的东西——同时也是非常美妙的。

——杨振宁，1988 年

（收录于杨振宁、翁帆合编的《曙光集》，2008 年）

杨振宁的这个观点与他目前的观点恰好相反。我对中国建大型加速器本身并无明确立场（算中立吧），提供这则小史料只是考虑到杨的声望使他的观点具有理据以外的力量，因此举出他 66 岁和 86 岁（收录于自己参与选编的文集可部分地理解为对昔日观点的某种认可）的观点供人参考，让人在考虑理据以外的力量时，可以权衡一下一个人 66 岁、86 岁和 97 岁时对一个领域的判断究竟何者更有分量。

美国物理学家史蒂芬·温伯格（Steven Weinberg）称自己是一位"还原论者"（reductionist），认为粒子物理学探索的规律是世界的基本规律。这一立场被很多同事视为对其他物理分支乃至其他科学领域的不敬，是"粒子物理沙文主义"（这是我

杜撰的术语）。对此，温伯格写过很多解释，其中最彻底也最精辟的解释是这么一句话："在粒子物理学中，我们的目标是让自己失业。"

解释一下他这句话：温伯格的意思是，他的立场非但不是对其他科学领域的不敬，而且恰恰相反，是意味着其他科学领域都可以在基本规律发现之后继续存在（因为如何用基本规律解释纷繁现象是永无终了的需要），惟有粒子物理学本身会因基本规律的发现而完结。

科学的世界远比诗人和梦幻家的想象更奇妙，对此费曼举了这样一个例子：与将世界想象为由大象或大乌龟支撑着相比，由于一种神秘吸力的作用，我们都被禁锢在一个存在了几十亿年的旋转球体上，而且有一半的人相对于我们头下脚上……难道不是更奇妙得多吗？

我们的假设变得越简单越基础，我们的数学推理工具就会越繁杂，从理论到观测之路会变得更长、更微妙、更复杂。虽然听起来有些悖理，但我们可以说：现代物理学比旧物理学更简单，因而看上去更困难更

繁杂。

——爱因斯坦

一则关于英国数学家李特尔伍德（Littlewood）的趣事——是他自己讲述的：李特尔伍德在一篇论文里写了这样一句话："σ 必须选得尽可能小"，结果收到论文后，他发现 σ 没被印出。但一位同事眼尖，指着 σ 所在处的一个小黑点问"这是什么？"两人仔细一看，才发现出版者用"尽可能小"的字体印了那个 σ。

很多人大概都见过"图一"，那是标准模型的作用量，是最常被用来显示物理学太复杂的图片之一。今天有朋友同时发来"图二"，问我是否靠谱。当然，是靠谱的，但倒是让我意识到原来"图一"的流行已经达到让人怀疑"图二"的程度了。其实"图二"才是常见得多的表述，"图一"不过是把某些导数及分量之类明显写出来唬人而已——我甚至还可以让它再复杂几倍（只要连求和规则也不用行了）。费曼曾经说过，仅仅把复杂性隐藏在符号的定义里的简单表述并不是真正的简单性，不过另一方面，大家也要记住：蓄意抛弃成熟数学工具所造成的复杂性也不是真正的复杂性。

$$\mathcal{L}_{SM} = -\tfrac{1}{2}\partial_\nu g^a_\mu \partial_\nu g^a_\mu - g_s f^{abc}\partial_\mu g^a_\nu g^b_\mu g^c_\nu - \tfrac{1}{4}g^2_s f^{abc}f^{ade}g^b_\mu g^c_\nu g^d_\mu g^e_\nu - \partial_\nu W^+_\mu \partial_\nu W^-_\mu -$$

$$M^2 W^+_\mu W^-_\mu - \tfrac{1}{2}\partial_\nu Z^0_\mu \partial_\nu Z^0_\mu - \tfrac{1}{2c^2_w}M^2 Z^0_\mu Z^0_\mu - \tfrac{1}{2}\partial_\mu A_\nu \partial_\mu A_\nu - igc_w(\partial_\nu Z^0_\mu(W^+_\mu W^-_\nu -$$

$$W^+_\nu W^-_\mu) - Z^0_\nu(W^+_\mu \partial_\nu W^-_\mu - W^-_\mu \partial_\nu W^+_\mu) + Z^0_\mu(W^+_\nu \partial_\nu W^-_\mu - W^-_\nu \partial_\nu W^+_\mu)) -$$

$$igs_w(\partial_\nu A_\mu(W^+_\mu W^-_\nu - W^+_\nu W^-_\mu) - A_\nu(W^+_\mu \partial_\nu W^-_\mu - W^-_\mu \partial_\nu W^+_\mu) + A_\mu(W^+_\nu \partial_\nu W^-_\mu -$$

$$W^-_\nu \partial_\nu W^+_\mu)) - \tfrac{1}{2}g^2 W^+_\mu W^-_\mu W^+_\nu W^-_\nu + \tfrac{1}{2}g^2 W^+_\mu W^-_\nu W^+_\mu W^-_\nu + g^2 c^2_w(Z^0_\mu W^+_\mu Z^0_\nu W^-_\nu -$$

$$Z^0_\mu Z^0_\mu W^+_\nu W^-_\nu) + g^2 s^2_w(A_\mu W^+_\mu A_\nu W^-_\nu - A_\mu A_\mu W^+_\nu W^-_\nu) + g^2 s_w c_w(A_\mu Z^0_\nu(W^+_\mu W^-_\nu -$$

$$W^+_\nu W^-_\mu) - 2A_\mu Z^0_\mu W^+_\nu W^-_\nu) - \tfrac{1}{2}\partial_\mu H \partial_\mu H - 2M^2 \alpha_h H^2 - \partial_\mu \phi^+ \partial_\mu \phi^- - \tfrac{1}{2}\partial_\mu \phi^0 \partial_\mu \phi^0 -$$

$$\beta_h \left(\tfrac{2M^2}{g^2} + \tfrac{2M}{g}H + \tfrac{1}{2}(H^2 + \phi^0 \phi^0 + 2\phi^+ \phi^-) \right) + \tfrac{2M^4}{g^2}\alpha_h -$$

$$g\alpha_h M (H^3 + H\phi^0 \phi^0 + 2H\phi^+ \phi^-) -$$

$$\tfrac{1}{8}g^2 \alpha_h \left(H^4 + (\phi^0)^4 + 4(\phi^+ \phi^-)^2 + 4(\phi^0)^2 \phi^+ \phi^- + 4H^2 \phi^+ \phi^- + 2(\phi^0)^2 H^2 \right) -$$

$$gMW^+_\mu W^-_\mu H - \tfrac{1}{2}g\tfrac{M}{c^2_w}Z^0_\mu Z^0_\mu H -$$

$$\tfrac{1}{2}ig \left(W^+_\mu(\phi^0 \partial_\mu \phi^- - \phi^- \partial_\mu \phi^0) - W^-_\mu(\phi^0 \partial_\mu \phi^+ - \phi^+ \partial_\mu \phi^0) \right) +$$

$$\tfrac{1}{2}g \left(W^+_\mu(H\partial_\mu \phi^- - \phi^- \partial_\mu H) + W^-_\mu(H\partial_\mu \phi^+ - \phi^+ \partial_\mu H) \right) + \tfrac{1}{2}g\tfrac{1}{c_w}(Z^0_\mu(H\partial_\mu \phi^0 - \phi^0 \partial_\mu H) +$$

$$M(\tfrac{1}{c_w}Z^0_\mu \partial_\mu \phi^0 + W^+_\mu \partial_\mu \phi^- + W^-_\mu \partial_\mu \phi^+) - ig\tfrac{s^2_w}{c_w}MZ^0_\mu(W^+_\mu \phi^- - W^-_\mu \phi^+) + igs_w MA_\mu(W^+_\mu \phi^- -$$

$$W^-_\mu \phi^+) - ig\tfrac{1-2c^2_w}{2c_w}Z^0_\mu(\phi^+ \partial_\mu \phi^- - \phi^- \partial_\mu \phi^+) + igs_w A_\mu(\phi^+ \partial_\mu \phi^- - \phi^- \partial_\mu \phi^+) -$$

$$\tfrac{1}{4}g^2 W^+_\mu W^-_\mu (H^2 + (\phi^0)^2 + 2\phi^+ \phi^-) - \tfrac{1}{8}g^2 \tfrac{1}{c^2_w}Z^0_\mu Z^0_\mu (H^2 + (\phi^0)^2 + 2(2s^2_w - 1)^2 \phi^+ \phi^-) -$$

$$\tfrac{1}{2}g^2 \tfrac{s^2_w}{c_w}Z^0_\mu \phi^0(W^+_\mu \phi^- + W^-_\mu \phi^+) - \tfrac{1}{2}ig^2 \tfrac{s^2_w}{c_w}Z^0_\mu H(W^+_\mu \phi^- - W^-_\mu \phi^+) + \tfrac{1}{2}g^2 s_w A_\mu \phi^0(W^+_\mu \phi^- +$$

$$W^-_\mu \phi^+) + \tfrac{1}{2}ig^2 s_w A_\mu H(W^+_\mu \phi^- - W^-_\mu \phi^+) - g^2 \tfrac{s_w}{c_w}(2c^2_w - 1)Z^0_\mu A_\mu \phi^+ \phi^- -$$

$$g^2 s^2_w A_\mu A_\mu \phi^+ \phi^- + \tfrac{1}{2}ig_s \lambda^a_{ij}(\bar{q}^\sigma_i \gamma^\mu q^\sigma_j)g^a_\mu - \bar{e}^\lambda(\gamma\partial + m^\lambda_e)e^\lambda - \bar{\nu}^\lambda(\gamma\partial + m^\lambda_\nu)\nu^\lambda - \bar{u}^\lambda_j(\gamma\partial +$$

$$m^\lambda_u)u^\lambda_j - \bar{d}^\lambda_j(\gamma\partial + m^\lambda_d)d^\lambda_j + igs_w A_\mu \left(-(\bar{e}^\lambda \gamma^\mu e^\lambda) + \tfrac{2}{3}(\bar{u}^\lambda_j \gamma^\mu u^\lambda_j) - \tfrac{1}{3}(\bar{d}^\lambda_j \gamma^\mu d^\lambda_j) \right) +$$

$$\tfrac{ig}{4c_w}Z^0_\mu \{ (\bar{\nu}^\lambda \gamma^\mu(1+\gamma^5)\nu^\lambda) + (\bar{e}^\lambda \gamma^\mu(4s^2_w - 1 - \gamma^5)e^\lambda) + (\bar{d}^\lambda_j \gamma^\mu(\tfrac{4}{3}s^2_w - 1 - \gamma^5)d^\lambda_j) +$$

$$(\bar{u}^\lambda_j \gamma^\mu(1 - \tfrac{8}{3}s^2_w + \gamma^5)u^\lambda_j) \} + \tfrac{ig}{2\sqrt{2}}W^+_\mu \left((\bar{\nu}^\lambda \gamma^\mu(1+\gamma^5)U^{lep}_{\lambda\kappa}e^\kappa) + (\bar{u}^\lambda_j \gamma^\mu(1+\gamma^5)C_{\lambda\kappa}d^\kappa_j) \right) +$$

$$\tfrac{ig}{2\sqrt{2}}W^-_\mu \left((\bar{e}^\kappa U^{lep\dagger}_{\kappa\lambda}\gamma^\mu(1+\gamma^5)\nu^\lambda) + (\bar{d}^\kappa_j C^\dagger_{\lambda\kappa}\gamma^\mu(1+\gamma^5)u^\lambda_j) \right) +$$

$$\tfrac{ig}{2M\sqrt{2}}\phi^+ \left(-m^\kappa_e(\bar{\nu}^\lambda U^{lep}_{\lambda\kappa}(1-\gamma^5)e^\kappa) + m^\lambda_\nu(\bar{\nu}^\lambda U^{lep}_{\lambda\kappa}(1+\gamma^5)e^\kappa) \right) +$$

$$\tfrac{ig}{2M\sqrt{2}}\phi^- \left(m^\lambda_e(\bar{e}^\lambda U^{lep\dagger}_{\lambda\kappa}(1+\gamma^5)\nu^\kappa) - m^\kappa_\nu(\bar{e}^\lambda U^{lep\dagger}_{\lambda\kappa}(1-\gamma^5)\nu^\kappa) \right) - \tfrac{g}{2}\tfrac{m^\lambda_\nu}{M}H(\bar{\nu}^\lambda \nu^\lambda) -$$

$$\tfrac{g}{2}\tfrac{m^\lambda_e}{M}H(\bar{e}^\lambda e^\lambda) + \tfrac{ig}{2}\tfrac{m^\lambda_\nu}{M}\phi^0(\bar{\nu}^\lambda \gamma^5 \nu^\lambda) - \tfrac{ig}{2}\tfrac{m^\lambda_e}{M}\phi^0(\bar{e}^\lambda \gamma^5 e^\lambda) - \tfrac{1}{4}\bar{\nu}_\lambda M^R_{\lambda\kappa}(1-\gamma_5)\hat{\nu}_\kappa -$$

$$\tfrac{1}{4}\bar{\nu}_\lambda M^R_{\lambda\kappa}(1-\gamma_5)\hat{\nu}_\kappa + \tfrac{ig}{2M\sqrt{2}}\phi^+ \left(-m^\kappa_d(\bar{u}^\lambda_j C_{\lambda\kappa}(1-\gamma^5)d^\kappa_j) + m^\lambda_u(\bar{u}^\lambda_j C_{\lambda\kappa}(1+\gamma^5)d^\kappa_j) \right) +$$

$$\tfrac{ig}{2M\sqrt{2}}\phi^- \left(m^\lambda_d(\bar{d}^\lambda_j C^\dagger_{\lambda\kappa}(1+\gamma^5)u^\kappa_j) - m^\kappa_u(\bar{d}^\lambda_j C^\dagger_{\lambda\kappa}(1-\gamma^5)u^\kappa_j) \right) - \tfrac{g}{2}\tfrac{m^\lambda_u}{M}H(\bar{u}^\lambda_j u^\lambda_j) -$$

$$\tfrac{g}{2}\tfrac{m^\lambda_d}{M}H(\bar{d}^\lambda_j d^\lambda_j) + \tfrac{ig}{2}\tfrac{m^\lambda_u}{M}\phi^0(\bar{u}^\lambda_j \gamma^5 u^\lambda_j) - \tfrac{ig}{2}\tfrac{m^\lambda_d}{M}\phi^0(\bar{d}^\lambda_j \gamma^5 d^\lambda_j) + \bar{G}^a \partial^2 G^a + g_s f^{abc}\partial_\mu \bar{G}^a G^b g^c_\mu +$$

$$\bar{X}^+(\partial^2 - M^2)X^+ + \bar{X}^-(\partial^2 - M^2)X^- + \bar{X}^0(\partial^2 - \tfrac{M^2}{c^2_w})X^0 + \bar{Y}\partial^2 Y + igc_w W^+_\mu(\partial_\mu \bar{X}^0 X^- -$$

$$\partial_\mu \bar{X}^+ X^0) + igs_w W^+_\mu(\partial_\mu \bar{Y}X^- - \partial_\mu \bar{X}^+ Y) + igc_w W^-_\mu(\partial_\mu \bar{X}^- X^0 -$$

$$\partial_\mu \bar{X}^0 X^+) + igs_w W^-_\mu(\partial_\mu \bar{X}^- Y - \partial_\mu \bar{Y}X^+) + igc_w Z^0_\mu(\partial_\mu \bar{X}^+ X^+ -$$

$$\partial_\mu \bar{X}^- X^-) + igs_w A_\mu(\partial_\mu \bar{X}^+ X^+ -$$

$$\partial_\mu \bar{X}^- X^-) - \tfrac{1}{2}gM \left(\bar{X}^+ X^+ H + \bar{X}^- X^- H + \tfrac{1}{c^2_w}\bar{X}^0 X^0 H \right) + \tfrac{1-2c^2_w}{2c_w}igM \left(\bar{X}^+ X^0 \phi^+ - \bar{X}^- X^0 \phi^- \right) +$$

$$\tfrac{1}{2c_w}igM \left(\bar{X}^0 X^- \phi^+ - \bar{X}^0 X^+ \phi^- \right) + igMs_w \left(\bar{X}^0 X^- \phi^+ - \bar{X}^0 X^+ \phi^- \right) +$$

$$\tfrac{1}{2}igM \left(\bar{X}^+ X^+ \phi^0 - \bar{X}^- X^- \phi^0 \right).$$

图一

137

$$\mathcal{L}_{SM} = \frac{1}{4} W_{\mu\nu} \cdot W^{\mu\nu} - \frac{1}{4} B_{\mu\nu} B^{\mu\nu} - \frac{1}{4} G^\alpha_{\mu\nu} G^{\mu\nu}_\alpha$$

$$+ \ \bar{L}\gamma^\mu \left(i\partial_\mu - \frac{1}{2} g\tau \cdot W_\mu - \frac{1}{2} g'YB_\mu \right)L + \bar{R}\gamma^\mu \left(i\partial_\mu - \frac{1}{2} g'YB_\mu \right)R$$

$$+ \ \frac{1}{2} \left| \left(i\partial_\mu - \frac{1}{2} g\tau \cdot W_\mu - \frac{1}{2} g'YB_\mu \right)\phi \right|^2 - V(\phi)$$

$$+ \ g''(\bar{q}\gamma^\mu T_a q)G^\alpha_\mu \ \ \ \ + \ \ \left(G_1 \bar{L}\phi R + G_2 \bar{L}\phi_c R + h.c. \right)$$

图二

在所有刷屏中，被数学新闻刷屏是最有正能量的之一，今天又遇到一次：42 被写成了 3 个整数的立方和：

$$42=（-80538738812075974）^3+$$
$$80435758145817515^3+$$
$$12602123297335631^3$$

这是 100 以内最后一个在这方面被搞定的数字。42 这个数字很早就"暴得大名"，因为在畅销小说《银河系漫游指南》（*The Hitchhiker's Guide to the Galaxy*）里被设定为是经过极困难的计算才得到的"关于生命、宇宙及一切的终极答案"。极困难的计算这一特点跟此次的新闻不无共性，宣布这一立方和的网页也因此选了"生命、宇宙及一切"这个分类上一塌糊涂的组合为标题。我没读过那部小说,看到新闻后快速查了查,作者选 42 这个数字似乎并无数学上的高深考虑,因此是一个有趣的巧合。当然,其实每个数字都能找出一些有趣的性质或巧合,只不过这次的巧合确实比较高大上。

有读者问瑞典物理学家海恩斯·阿尔文(Hannes Alfvén)的等离子体宇宙论是不是伪科学,在这里简答一下。阿尔文是"不忘初心"、一辈子吃定一碗饭的物理学家的知名例子,他在等离子体相关领域里功绩卓著,得过诺贝尔奖,但试图将一切都纳入自己擅长的领域里,则并不成功。等离子体宇宙论就是他的一个失败例子,但仅仅是无数失败了的科学理论中的一个,不是伪科学。伪科学的重点在"伪"字上,是明知错误而有意混充成科学。等离子体宇宙论并非如此。当然,如果后人把这个理论重新拿出来,在不解决既存问题的情况下,欺骗性地包装并重新宣称为科学理论,那就是伪科学了。

数学中的一个有趣的巧合:$e^{\pi} - \pi = 19.999099979\cdots$很接近 20。这个结果迄今没有发现深层理由,故被视为巧合。这个巧合中的 e^{π} 被称为盖尔范德常数(Gelfond's constant),因苏联数学家亚历山大·盖尔范德（Alexander Gelfond）率先证明其为超越数而得名。e^{π} 有一个几何意义是所有偶数维单位球的体积数值之和——$\sum(V_{2n}/R^{2n})$，其中 0 维球的体积定义为 1。

在逻辑学上，从错误前提出发可以推出任何结论。有一次，有人让英国哲学家罗素从错误前提 2+2=5 出发证明罗素是教皇。罗素当即给出了大意如下的证明：

2+2=5（前提）；

⇒ 1=2（两边同时减 3）；

⇒ 集合 {罗素，教皇} 有 2 个元素；

⇒ 集合 {罗素，教皇} 有 1 个元素（因为 1=2）；

⇒ 罗素是教皇。

将素数 2，3，5，7，11，13，17，19，23，29，31，…依次排列，在其下方逐行写下前一行数字两两之差的绝对值，可得一个随初始数列中素数数目增加而膨胀的数字倒三角：

1，2，2，4，2，4，2，4，6，2，…
1，0，2，2，2，2，2，2，4，…

1, 2, 0, 0, 0, 0, 0, 2, …

1, 2, 0, 0, 0, 0, 2, …

1, 2, 0, 0, 0, 2, …

1, 2, 0, 0, 2, …

1, 2, 0, 2, …

1, 2, 2, …

1, 0, …

1, …

其中一个明显的规律是：第一列全都是 1。这个游戏般的规律被称为吉尔布雷斯猜想（Gilbreath's conjecture），是美国计算机专家吉尔布雷斯于 1958 年提出的，已被数值验证了数千亿行，但迄今尚无人能够给出证明。

将一张平铺在桌上的纸随意揉成一团，挂在原先范围之上，则纸上必有一点的位置恰好在原先位置的正上方。这是数学上"不动点定理"的有趣推论。

在一本讲量子计算的书里读到一句话（大意）：人工智能是跟长达 10 亿年的自然进化相竞争。

由此引申出的一个观点是：对人工智能来说最难的不是在人造游戏——比如下棋——里取胜，而是实现真正属于进化直接产物的能力——比如一个 5 岁孩子在各种光照、远近、表情之下识别人脸的能力。

我们每个人都是一个微小的生物，只能乘坐在一颗较小行星的最表层，绕它的恒星转上几十圈。

——卡尔·萨根

介绍一则著名逻辑科普作家雷蒙德·斯穆里安（Raymond Smullyan）上当的故事。那是 1925 年的"愚人节"，斯穆里安 6 岁（也就那会儿还能让他上当），他哥哥一早就对他说："今天我要让你上当。"到了晚上，斯穆里安迟迟不睡，妈妈问他为什么不睡，他说在等哥哥让他上当。妈妈于是把哥哥叫来，命他快点让斯穆里安上当（有这么当妈的吗？）。哥哥就问斯穆里安，"你是不是在等我让你上当？"斯穆里安说是的。哥哥说："我让你上当了吗？"斯穆里安说没有。哥哥说："因此你已经上当了。"

这故事还有一个尾声：熄灯后斯穆里安睡不着，在想自己到底有没有上当。如果上当了，那说明等哥哥让他上当没等错，从而就没上当；但如果没上当，那等哥哥让他上当就等错了，从而上当了……斯穆里安说这是他的逻辑启蒙。

　　想必很多数学爱好者证明过这样一个命题：任意 6 人之中必有 3 人相互握过手或相互没握过手。若对命题略作变更，问至少多少人之中必有 3 人相互握过手或相互没握过手，答案是 6。这个变更后的命题有一个显而易见的推广，即至少多少人之中必有 m 人相互握过手或 n 人相互没握过手，答案记为 $S(m, n)$，称为拉姆齐数。可以证明，拉姆齐数总是存在的（这被称为拉姆齐定理）。前述例子显示 $S(3,3)=6$。但也许出乎很多人意料的是，(m, n) 只要比那个中学水平的例子里的略大，问题就会异乎寻常的困难，比如 $S(5, 5)$ 和 $S(6, 6)$ 就迄今尚未找到。更邪乎的是，我们已经知道 $S(5, 5)$ 和 $S(6, 6)$ 都不大（前者在 43 和 48 之间，后者在 102 和 165 之间），却依然未能找到。著名匈牙利数学家保罗·埃尔德什（Paul Erdös）曾经戏言，若外星人让人类一年内交出 $S(5, 5)$，否则毁灭地球，人类或可集中智慧努力一下，若外星人要的是 $S(6, 6)$，那人类只好跟对方拼命了。

　　关于《费曼物理学讲义》，我曾经发过很多条微博，并且是

向来不吝赞美之词的。现在再发一条。费曼的主要研究领域在量子世界，因此毫无意外的，虽然讲义的第一、二卷已精彩纷呈，以量子世界为主题的第三卷则更有一种高屋建瓴、举重若轻的新颖感。在量子力学教材中，让薛定谔方程在全书篇幅的 2/3 之后才出场，不仅在当时，哪怕在如今也是很少有的编排。然而量子力学的本质在费曼的编排下得到了清晰得多的呈现。比如电子的双孔干涉理想实验是每一位学过量子力学的学生都知道的，很多学生也定性地知道在这个实验里，你若是设法"看"电子从哪个孔经过，干涉图案就会消失。但如果要半定量地论证这一点，很多能熟练求解薛定谔方程的学生会完全无所适从，不仅不知道如何论证，甚至恐怕不知道如何表述所要论证的东西，更遑论表述"设法'看'电子从哪个孔经过"那样的条件。费曼却在讲义的最初几章就以闲聊般的口吻给出了很透彻的阐述。"我们通常称之为量子力学高等部分的内容实际上是相当简单的"——费曼如是说，并且用他的讲义做了最好的演示。

百字科普

1877 年，德国数学家康托证明了线段上的点能与平面上的点一一对应；1890 年，意大利数学家皮亚诺证明了可以用曲线铺满平面。这些都挑战了线是一维、面是二维的直觉。不过好在康托的映射是一一对应而非连续的，皮亚诺的曲线则是连续而非一一对应的，若两者能糅合成既一一对应又连续，维数的概念就垮了。幸运的是，1912 年，荷兰数学家布劳威尔证明了那是不可能的。

物理学上有两个理论，现象是明确的，数学规律也是明确的，诠释或理解却引起过长年争论，那就是热力学第二定律和量子力学。对这两个理论的争论涉及一个共同的数学核心：概率。

历史上有很多人试图寻找素数公式，我们来介绍一个小定理：单变量整系数多项式 $F(x)$ 除非为常数，否则不可能是素数公式——即不可能对所有 $x=n$（n 为正整数）都给出素数。证明很简单（m 遍历正整数）：设若不然，则 $F(1)=p$ 为素数 $\Rightarrow F(1) \equiv 0(\bmod p) \Rightarrow F(mp+1) \equiv 0(\bmod p) \Rightarrow F(mp+1)=p$（否则以 p 为真因数，从而不是素数）$\Rightarrow F(x) \equiv p$（即为常数），因为多项式方程 $F(x)-p=0$ 有无穷多个根（即所有 $x=mp+1$ 都是根）的唯一可能性是 $F(x)-p$ 恒等于 0，即 $F(x)$ 为常数 p。

这个小定理表明素数公式不可能是单变量整系数多项式，或者说无论多复杂的单变量整系数多项式也不可能是素数公式——除了常数这一平凡而退化的情形。像这种看起来有模有样，却只需百来字就能证明的定理，是数学中迷人的小趣味。

所有弹性材料在振动过程中都会有内阻尼，因而哪怕在真空中也会损失动能。1958 年，美国发射的第一颗人造卫星由绕长轴自转逐渐变成了横向打滚，一度令人费解，后来意识到正是内阻尼在作祟：因动能有损失，而角动量必须守恒，故转为横向打滚（这样可以靠较小的角速度——从而较小的动能——维

持角动量）。

　　一个边长为整数的正方形若能分割成有限个互不相同的边长为整数的小正方形，则称为完美正方形（perfect squared square），其最低阶——即小正方形数量最少——的例子见附图。有没有与之相似的完美立方体呢？答案是否定的。证明很简单：假如有完美立方体，其底面显然是完美正方形，其中最小的分割正方形所对应的立方体因被更大——从而也更高——的立方体所包围，其顶面以上空间只能用更小的立方体来分割，那种分割的底面显然也是完美正方形，从而可重复同一推理，直至无穷。这意味着分割不可能是有限的，从而完美立方体不存在。

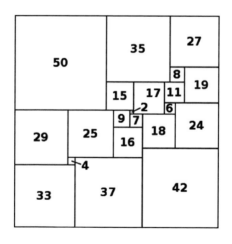

同理，假如有四维的完美超立方体，其底面显然是完美立方体，后者不存在则前者亦不可能存在。依此类推，所有高维的完美超立方体都是不存在的。这是看起来有模有样的定理只需百来字就能证明的又一个趣味例子。

欧几里得证明素数无穷的办法也可证明 $4n+3$ 型素数无穷：因为若此型素数只有 p_1, $\cdots$, p_N，则 $4n+3$ 型数 $4(p_1\cdots p_N)-1$ 要么是一个新的 $4n+3$ 型素数，要么有一个 $4n+3$ 型素因子（因 $4n+1$ 型素因子的乘积不可能是 $4n+3$ 型数），而那个素因子显然不是 p_1, $\cdots$, p_N 之一（因为被它们除皆余 -1）。

类似地，还可证明 $6n+5$ 型素数无穷。这些都是所谓狄利克雷定理的特例。该定理宣称：只要 a、b 互素，$an+b$ 型素数就有无穷多个。可惜该定理的证明不仅不适合"百字科普"，就连哈代的著名数论教程都表示"too difficult for insertion in this book"（因太难而不能加入本书）。

欣赏一下英国数学家 J.E. 李特尔伍德（J. E. Littlewood）称为"最好的作图论证"的数学证明。所证为一维不动点定理，即：设 $f(x)$ 为 [0,1] 上的连续递增函数，且 $0 \le f(x) \le 1$，则无穷

迭代 $f(f(\cdots f(x)\cdots))$ 趋于不动点。李特尔伍德表示，对职业数学家来说，下面这幅图就足够了。

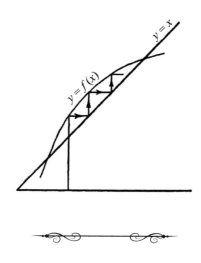

证明 $e=\sum\frac{1}{n!}$ 不是有理数：假设 e 为有理数 M/N（易证 e 不是整数，故 $N>1$），则 $N!e$ 为整数。然而由 $e=\sum\frac{1}{n!}$ 可知 $N!e$ 的前 $N+1$ 项为整数，其余则为 $1/(N+1)+1/(N+1)(N+2)+\cdots<1/(N+1)+1/(N+1)2+\cdots=1/N<1$ 不是整数。故 $N!e$ 也不是整数，与 $N!e$ 为整数矛盾。故 e 不是有理数。

这是著名法国数学家约瑟夫·傅里叶（Joseph Fourier）的证明。

百字科普

介绍一个关于象棋和围棋的数学定理。从数学角度讲，象棋和围棋都属于所谓"具有完全信息的组合游戏"，其中"具有完全信息"指不带概率（即不带骰子），也不带隐藏信息（即不像扑克），"组合游戏"指难度源自巨大组合数的游戏。AlphaGo的成功使人们对这类游戏的未来产生了兴趣，这方面有一个数学定理叫作"组合游戏理论基本定理"，它表明对两个具有终极计算能力的玩家来说：任何具有完全信息的组合游戏要么是不公平的（即一方有必胜策略），要么是乏味的（即存在必和策略）。当然，人类玩家绝无终极计算能力，因此可以继续玩下去。

从小喜欢看地图，地图上标有比例尺。然而比例尺是注定无法严格的——也就是说，地图上的距离与实际距离是不可能严格成比例的。这是数学王子高斯的一条被他称为"绝妙定理"的绝妙定理的推论。该定理表明，曲率为零的平面与曲率非零的地球表面之间不可能存在距离严格成比例的非平凡映射。

e^π 和 π^e 哪个更大？答案为前者。理由如下：

对所有 $x>0$，有 $e^x=1+x+\cdots>1+x$；

取 $x=\pi/e-1$，则有 $e^{\pi/e-1}>\pi/e$；

两边同乘 e，得 $e^{\pi/e}>\pi$；

两边同取 e 次幂，则得 $e^{\pi}>\pi^e$。

由分析过程可以看出，对任意 $a>e$ 都有 $e^a>a^e$（其实对 $0\leq a<e$ 也如此，只是分析的浅显度会略减），故 π 在这里并不重要，重要的是 e。

两个随机选取的自然数互素的概率为 $6/\pi^2\approx0.6$。

证明：一个随机选取的自然数有素因子 p 的概率为 $1/p$，两个随机选取的自然数均有素因子 p 的概率为 $1/p^2$，没有共同素因子 p 的概率则为 $1-1/p^2$。因此两个随机选取的自然数互素的概率为 $\prod(1-1/p^2)=1/\zeta(2)=6/\pi^2$。其中连乘积遍及所有素数，最后两步则用了欧拉乘积公式及 $\zeta(2)=\pi^2/6$。

是否存在一个长方体——被称为"完美长方体"（perfect cuboid），其边、面对角线及体对角线全都是整数？这个貌似普通的问题是数学中的一个未解之谜。目前已知的是：如果以

"米"为边长单位，那样的长方体假若存在，其最小的边起码会从太阳延伸到小行星带！

对正整数连续执行以下操作：若 n 为偶数，则 $n \rightarrow n/2$；若 n 为奇数，则 $n \rightarrow 3n+1$，是否最终会得到 1（比如 $6 \rightarrow 3 \rightarrow 10 \rightarrow 5 \rightarrow 16 \rightarrow 8 \rightarrow 4 \rightarrow 2 \rightarrow 1$）？对 1×10^{20}（一万亿亿）以内的所有正整数，答案都是肯定的。但是否对任意正整数都如此，则是一个尚未解决的数学问题，被称为考拉兹问题（Collatz problem）或考拉兹猜想（Collatz conjecture）。

大家知道，费马大定理于 1995 年被解决了，因此无缘于悬赏百万的"千禧年七大难题"。不过，有一个广义费马猜想尚未解决，且同样有百万大奖——被美国银行家安德鲁·比尔（Andrew Beal）悬赏百万美元。这个猜想是说：对方程式 $A^x + B^y = C^z$（A, B, C, x, y, z 皆为正整数，x, y, z 皆大于 2）的任何正整数解，A, B, C 必有公因子。比如 $3^3 + 6^3 = 3^5$ 是一组解，3, 6, 3 有公因子 3。关于这个广义费马猜想，有一点很值得一提，那就是银行家比尔不仅仅是"金主"，而且是提出者——这个猜想因此也被称为"比尔猜想"。当然，虽有百万美元悬赏——或者说恰恰因为有百万美元悬赏，诸位不要贸然尝试，因为那绝对是坚果。诸位倒是不妨花一分钟证明一下：如果广义费马猜想成立，费马猜想必定成立。

【最牛刀杀鸡的数学证明】

求证：对所有正整数 $n \geq 3$，$\sqrt[n]{2}$ 不是有理数。

证明：设若不然，则 $\sqrt[n]{2} = q/p$（p, q 皆为正整数），即 $2p^n = q^n$，也即 $p^n + p^n = q^n$，根据费马大定理，这是不可能的。证毕。

光速极限的存在既是不幸，也是大幸：它极大地限制了空间探索能力，使我们几乎注定被"禁足"在一个从天文角度讲微乎其微的区域内，是为不幸；它极大地拓展了时间探索能力，让我们"看"得越远就"看"得越早，能"看"到宇宙的久远过去，是为大幸。

诸位大都学过 $\sqrt{2}$ 是无理数的证明，我们来介绍一个更一般的命题：对任意素数 p，$\sqrt{p}$ 是无理数。证明如下：设若不然，则

$\sqrt{p} = m/n$（m，n 为正整数），即 $n^2p=m^2$；由于 m^2，n^2 所含素因子的幂次全为偶数，因此左侧多出的奇幂次素因子 p 会使等式无法成立；故 $\sqrt{p}$ 必是无理数；证毕。

这一证明可轻易推广为对任意正整数 m，n，除非 m 恰好是某个正整数的 n 次幂，否则 m 的 n 次根是无理数。

在一个物质分布是连续的，并且测量精度没有限制的经典世界里，信息密度可以高到诡异的程度。比如人类所知的全部信息（文字、音乐、图像……）可以存储在一根任意小的尺子上。具体方法是：将那些信息数字化，然后在那串数字前面加个小数点，使之成为 0 到 1 之间的一个小数，然后在一根任意小的尺子上刻一个点，将尺子隔为长度之比恰好等于那个小数的两段。那把尺子（连同那个点）就包含了人类所知的全部信息——因为只要对那个点的位置做精确测量，就能还原那些信息。

这个例子来自马丁·加德纳的书，只不过我把背后的实质条件（物质分布是连续的，测量精度没有限制）列了出来（没办法，习惯量子的我没法不立刻反应出那些条件）。不过这么一列，倒有些破坏趣味了，因为在这些条件下，将承载那些信息的媒质本身任意缩小也可达到同样目的。

证明 e^π 是超越数：因 $e^\pi=(e^{\pi i})^{-i}=(-1)^{-i}$；而希尔伯特第七定理表明：如果 a 是代数数且不等于 0 或 1，b 是代数数且并非有理数，则 a^b 是超越数；由于 -1 是代数数且不等于 0 或 1，$-i$ 是代数数且并非有理数，因此 $e^\pi=(-1)^{-i}$ 是超越数；证毕。

用希尔伯特第七定理来证明 e^π 是超越数看似牛刀杀鸡，不过 e^π 是超越数并非"鸡"而本身就是"牛"——是苏联数学家盖尔范德同时证明了希尔伯特第七定理和 e^π 是超越数（e^π 因此被称为盖尔范德常数）。另外顺便说一下，虽然 e^π 是超越数，但 π^e 是否是超越数目前仍是未解之谜。

我们来证明费马大定理……的一种弱形式（没这限定该多好）：对正整数 x, y, z, n，如果 $n \geqslant z$，则 $x^n+y^n=z^n$ 无解。

证明：设若不然，则显然 $z>x$，$z>y$。不失普遍性，假定 $y \geqslant x$，则 $z^n-y^n=(z-y)(z^{n-1}+z^{n-2}y+\cdots zy^{n-2}+y^{n-1})>1 \cdot ny^{n-1} \geqslant zy^{n-1}>y^n \geqslant x^n$，与 $z^n-y^n=x^n$ 矛盾。证毕。

　　白矮星、中子星、黑洞被称为强引力场天体。不过，天体产生引力场的规律其实是共同的，把太阳换成一个等质量的强引力场天体，地球感受的引力场并不会更强。强引力场天体的真正含义是：它们比等质量的普通天体更致密，因此可以让不怕死的家伙，通过离它们更近，去感受强引力场。

科学微史

有一位科学家虽不在我自己的学习领域中，我对他的钦佩不亚于对牛顿和爱因斯坦，因为他对宗教造成了重大冲击。此人就是达尔文。成为牛顿和爱因斯坦需要高超的智慧，成为达尔文则不仅需要高超的智慧，更要有巨大的勇气。

不过从另一个角度讲，这种类型的勇气就像内战中的英雄，他们的闪耀，反衬出的是大背景的黑暗。

海伦·杜卡斯（Helen Dukas）在被推荐做爱因斯坦的助手前刚从一家出版社失了业。她接受爱因斯坦"面试"时后者正在病中，躺在床上读书，见到她来，微笑着伸出手，说了一句："Here lies an old corpse."（姑译为"这里躺着的是一位行将就木的人。"）这位 15 岁辍学、完全不懂物理的年轻女子的紧张在刹那间消失，成为了爱因斯坦晚年的忠实助手。

20 世纪初，在巴黎高等师范学院的数学系学生中流行一个游戏：由高年级学生假扮成国外访客向一年级学生做讲座，介绍一些数学定理，每个定理都冠上一位法国将军的名字，并掺入一些微妙的错误，看一年级学生能否察觉。这个原本无足轻重的游戏在数学史上留下了一个永恒印记，因为 20 世纪 30 年代的一群高等师范学院毕业生沿袭游戏的做法为自己取了一个来自法国将军的笔名：布尔巴基。

类似巴黎高等师范学院的那种游戏，以及昔日玻尔研究所那些蔚为风气的趣事，不知在如今的高校和研究所还有没有？那些虽是游戏，却既需要机智和幽默，也离不开对专业的深爱，颇能窥见整个群体的意气风发。反过来说，当理工科学生普遍看起来像民工时，在很大程度上恐怕也确实反映了群体气质的没落。

庞加莱在名著《科学与方法》中讲述的法国科学家弗朗索瓦·阿拉果（François Arago）的故事够写惊险小说了：阿拉果到西班牙搞测绘，起先受到几位主教及土匪头子的保护，可尚

未结束，西班牙就跟法国翻了脸。在山顶竖标志的敌国可疑分子阿拉果当即被"朝阳区群众"扭送监狱。在狱中，阿拉果从报纸上读到了自己被处决的新闻（当地报纸有提前发新闻的习惯），赶紧越狱。越狱后的阿拉果试图乘船逃回法国，却连人带船被海盗劫持，饱受折磨。好在船上有非洲某君王送给拿破仑的两头狮子，托这礼物的福，人船最终获释。可负责导航的天文学家晕了船，船又错开去了非洲。滞留非洲数月的阿拉果吃尽苦头，经过包括徒步在内的艰难旅行才重返法国。

巴基斯坦物理学家萨拉姆有一次主持会议，海森堡作报告，狄拉克在场，萨拉姆讲了个故事：昔日波斯和印度的两位王在战争中谈判，给他们敬酒的印度侍者面临一个难题：第一杯酒给谁？无论给谁都会轻慢另一位。聪明的侍者于是将两杯酒都给了印度王，表示：只有王能给另一位王敬酒。萨拉姆讲完故事后宣布：现在有请我们领域的王狄拉克给另一位王海森堡作介绍。

那是一个英雄时代的尾声，海森堡和狄拉克同台出现，萨拉姆充当"侍者"。若换成后世的场合，身为诺贝尔物理奖获得者的萨拉姆自己就是王了。

法国数学家费马提出费马猜想时的那句"我发现了一个真正出色的证明,可惜页边太窄写不下来"堪称大手笔的"空头支票"。最近注意到他还开过另一张"空头支票"——也很大:在一封信中他表示应将平面曲线理论推广到曲面上,并且宣称"这一理论可用一种普遍方法来处理,有空闲时我会谈谈。"

众所周知,费马在丢番图《算术》一书的页边上提出费马猜想时,曾宣称自己已找到一个出色的证明,可惜页边太窄写不下来。由于费马猜想的艰深(300多年后才被证明,且证明长达100多页),费马所宣称的证明普遍被认为是错误的。其实除艰深外,还有一个理由显示费马所宣称证明是错误的,而且很可能他本人后来就已知错。因为费马提出费马猜想的时间被认为是1637年前后,而他在1638—1657年间曾3次在给朋友的信中谈及该猜想的特例,却从未再宣称自己已找到证明。

不过另一方面,考虑到费马猜想的提出时间本身也只是史界的推测而无铁证,在我看来还有一种可能性是:费马猜想的提出时间不是1637年前后,而是在那3次信件之后(即1657年之后)。那样的话,费马在信中未宣称找到证明就谈不上知错了,并且也解释了他在信中为何只谈及了特例而非普遍的费马猜想。

一桩不无科学史意义的趣事：庞加莱在科学哲学三部曲——《科学与假设》《科学的价值》《科学与方法》——中虽反复谈及相对性问题，却完全没提爱因斯坦。其中发表于 1902 年与 1905 年的前两部不是问题，但发表于 1908 年的后一部也没提。发表于 1913 年的《最后的沉思》则只以半批评的口吻提了爱因斯坦的一项不太主要的研究。

此外，美国物理学家戴森在一篇文章中提到，庞加莱曾向苏黎世联邦理工学院推荐爱因斯坦。可见庞加莱并非没有注意到或重视到爱因斯坦。这两者的关系也许是一个可以挖挖的小题材。

得到跳槽机会往往是员工要挟老板，为自己谋利的好机会。看看昔日哥廷根大学的"员工"是怎么"要挟"老板的：物理化学家能斯特得到来自慕尼黑的邀请，趁机"要挟"哥廷根大学设立了德国第一个物理化学实验室；数学家希尔伯特得到来自柏林的邀请，趁机"要挟"哥廷根大学将好友闵科夫斯基挖来。

牛顿理论提出之初曾在欧洲大陆——尤其是法国——遭到抵制，抵制者的"思想武器"是法国哲学家笛卡儿的哲学。口舌之争数十年后，法国科学院终于决定诉诸观测检验。牛顿理论预言，地球因自转之故会往赤道方向鼓出；笛卡儿利用"纯粹思维"断言的则是往两极方向鼓出。检验的结果是笛卡儿落败。

G. H. 哈代（G. H. Hardy）和 J. E. 李特伍德（J. E. Littlewood）是英国数学界的"黄金拍档"，其中李特伍德比哈代低调，以至于德国数学家埃德蒙·兰道（Edmund Landau）初见李特伍德时表示："原来你真的存在！我还以为你只是哈代的一个笔名，用来发表那些他认为没好到能用自己名字发表的论文。"

这则故事见于美国数学家诺伯特·维纳（Norbert Wiener）的自传。

赌博跟科学尤其数学一直有"剪不断理还乱"的关系，甚至有些科学术语都冠上了赌场的大名。"蒙特卡罗方法"是一个

著名例子。一个知名度较低的例子则是伽莫夫等人替一类中子星和白矮星的降温机制所取的名字：厄卡过程（Urca process）。其中"厄卡"也是一家赌场，是伽莫夫与合作者的初次相遇之地。

伽莫夫曾在回忆录中表示，取这一名字的另一个原因是：厄卡过程是一个快速损失能量的过程，其快速程度有如厄卡赌场中赌徒钱包里的金钱损失速度。

美国科学作家伯恩斯坦自传里的两则小故事：

关于狄拉克的小故事：一位同事问狄拉克是否陷入过优先权之争，狄拉克答曰："真正的好点子都是只出自一个人的。"——如果让我来解读，我觉得狄拉克的意思是：能被不止一个人同时想到（从而可以发生优先权之争）的点子算不上真正的好点子。当然，这是很苛刻且大可争议的标准。

关于奥本海默的小故事：奥本海默有时在尖刻方面不亚于泡利和朗道。有一年在伯克利听报告，外面传来施工的噪声，报告本身大约也不令他满意，奥本海默突然打断报告人说："有外面这些噪声我还怎么听？更何况那噪声比你讲的还更有意义。"

　　著名美国物理学家默里·盖尔曼（Murray Gell-Mann）去世，享年 89 岁。[①] 分享一则小轶事纪念一下：盖尔曼是早慧的人物，15 岁进耶鲁大学，18 岁毕业，打算做物理研究。但眼界极高的他在申请研究生时遭遇"挫折"，被普林斯顿大学拒绝，哈佛大学收他但不给奖学金，耶鲁大学收他但必须做数学研究，"只有"麻省理工学院（MIT）的他当时没听说过的物理学家维克托·韦斯科夫（Victor Weisskopf）愿意招他做物理研究。他在晚年的一次访谈中说当时想过自杀，但又一想，自杀与去 MIT"不可对易"，可以先去 MIT 再自杀，却不能先自杀再去 MIT，于是决定先去 MIT，由此开始了漫长的物理学生涯。

　　一则有关狄拉克和朗道的小故事，与传说中的狄拉克风格不甚一致，然而是朗道夫人的甥女迈娅·比萨拉比在《朗道传》里叙述的，姑记一笔：1932 年，狄拉克到朗道所在的乌克兰物理技术研究所做报告，朗道不赞同狄拉克的某些观点，于是每当狄拉克背对着他走动时，朗道就用俄语小声嘟哝："狄拉克，大傻瓜，狄拉克，大傻瓜。"狄拉克一回头，朗道就立刻闭嘴并换上无辜表情。岂料狄拉克不仅留意到，并且能听懂那句俄文。

---

　　① 本条微博发布于 2019 年 5 月 25 日，盖尔曼去世的次日。

报告结束时，狄拉克把粉笔放在桌上，忽然转身对朗道说："你才是傻瓜，你才是傻瓜。"旁边的研究生们笑得喘不过气来。

1962 年初，苏联物理学家朗道遭遇车祸受了重伤。在几乎倾国之力的抢救下，数月之后，他终于逐渐恢复了神智和语言能力。医院于是请来精神病专家测试他的智力：

"请您画个圆圈。"（朗道认真地画了个十字）

"嗯。那么现在请您画个十字。"（朗道画了个圆圈）

"您为什么这么做？请您按照我的要求做。"

"我正是按照您的要求做的。您请我做蠢事，我满足了您的愿望。"

"是的，可是您做的都是相反的！"

"这都是些愚蠢的题目，如果我不这么做的话，您倒是有权怀疑我的智力水平了。"

我一直觉得精神病专家是一群爱弄玄虚的家伙。倒不是断定他们的吃饭家当是伪科学，而是觉得哪怕跟病人随便攀谈几句，就该知道测试需不需要从侮辱对方智力的层面入手。病人是人，而不是参加图灵测试的机器，医者也得有点情商才是。

　　读朗道甥女迈娅·比萨拉比的《朗道传》毕。此书总体来讲略有些水，结构亦有些臃散，可能跟作者不是物理学家有关。另外，此书字体偏大，稍有些不合我的偏好（小时候高年级语文课本的字体比低年级的小，那时盼着长大，便无形中偏好了小字体）。不过此书作者的特殊身份使此书的许多内容具有独特性——独特的信息或独特的解读，虽然独特也往往意味着孤证，只宜以一家之见视之。书中最令我吃惊——然亦最需存疑——的是对朗道学生栗弗席兹的看法。朗道车祸后不再做研究（用朗道自己的话说是因为"让一个病人去研究科学，这真是太滑稽了"——彼时霍金同学尚未出名），但寻常意义上的智力基本恢复了，却——按此书的记叙——唯有栗弗席兹不以为然，常指示探病者用简单得近乎羞辱的题目测试朗道的智力，惹其暴怒，然后以此为由让医生相信朗道的情绪不正常。书中对栗弗席兹此举的解读是暗示其因朗道出车祸而取代了朗道的位置，试图维持。这是对栗弗席兹非常严重的指控[①]。

　　前些天收到了最新几期《数学文化》，自此，该刊十年 40

---

　　① 　最近读到刘寄星的《〈理论物理学教程〉是怎样写成的？》一文，文中认为朗道晚年与栗弗席兹的关系恶化是由于朗道夫人的挑唆。不过迈娅虽也提到朗道夫人说栗弗席兹坏话，却称自己亲自观察并印证了朗道夫人的说法。

期已然汇齐。过去几个月，从创刊号起，陆续翻阅着该刊，近日读到 2011 年第 3 期，其中有两篇文章特别精彩，都是关于美籍华裔数学家李天岩的（很多博友想必知道他的著名论文《周期三意味着混沌》），一篇是丁玖的《传奇数学家李天岩》，内容详尽而深入；另一篇是李天岩本人的《回首来时路》，精辟中点缀着幽默。两篇并排，可谓传记与自传相得益彰。除学术成就外，李天岩最让我印象深刻的是大半生的疾病缠绕：31 岁开始定期洗肾；35 岁换肾（失败）；36 岁再次换肾（成功）；39 岁中风，做脑血管动脉瘤手术；50 岁做背脊椎骨关节炎手术；58 岁安装动脉血管支架……在"回首来时路"的末尾，李天岩写道：

> 我离开大学学习生活已经 40 多年了。有时常常想，若是重新再给我一次学习的机会，我将做什么，怎么做？但是正如……电影"天涯何处无芳草"中所提的："没有人能使时光倒流，草原再绿，花卉再放。只有在剩余部分，争取力量！"

美国物理学家默里·盖尔曼曾回忆说，自己在耶鲁大学读本科时，凭借应试技巧，在一些自己并不理解的数学和科学课程上取得了很好的成绩，但直到进 MIT 读研究生之后，有一回听报告，报告人介绍了对硼核 ^{10}B 基态自旋的计算，结果是 1，

但一位听众立刻指出，^{10}B 基态自旋不是 1 而是 3，实验已测定过了。盖尔曼说那一刻他醍醐灌顶，忽然明白了理论物理不是应试，而是要符合实验。读到这段回忆，我有些诧异，心想怎么这么晚才明白这一点？但随即想起，盖尔曼是"神童"，15 岁就进耶鲁大学，进 MIT 读研究生时才 18 岁。我有个感觉，神童的早慧多数体现在技巧性上，理解力的发展则常规得多——这还不算那些昙花一现的"少年班"式神童，后者更像"跷跷板"。

来聊聊科学巨匠艾萨克·牛顿（Isaac Newton）的生日。每年"Christmas"（"圣诞节"）都会有科学爱好者贴所谓"Newtonmas"[①] 的图片。这一来是因牛顿够得上称"圣"（虽然绝非"圣诞"里的那个不容置疑的"圣"），二来是牛顿的生日恰好也在 12 月 25 日——不过这后一点其实是需要一些注释的。

这注释要从儒略历（Julian calendar）说起。儒略历是罗马共和国统帅儒略·凯撒（Julius Caesar）于公元前 45 年开始推行的，特点是每四年设一闰年——相当于认为每年的平均长度为 365.25 天。后来教会决定将公元 325 年的春分点（spring equinox）日期 3 月 21 日视为固定，作为推算复活节（Easter）

---

① 姑译为"牛诞节"，虽然这个名称其实已"名花有主"，但估计跟本书读者的涉猎范围不会重叠。

的基础。但问题是，每年实际只有约 365.2422 天，因此儒略历大约每 128 年会偏差 1 天，这一偏差使春分点在儒略历中的实际日期逐渐前移。

到 1582 年，春分点已前移 10 天至 3 月 11 日。为校正这一偏差，教宗格里高利十三世（Pope Gregory XIII）颁布了如今仍被绝大多数国家沿用的所谓格里历（Gregorian calendar），将 3 月 11 日后移 10 天至 3 月 21 日，以维持春分点日期不变。格里历同时对闰年数量作了微调，每 400 年减少 3 个闰年（相当于将每年的平均长度调整为 365.2425 天），以减少系统偏差。

此后"不久"，牛顿出生了，他的生日按格里历为 1643 年 1 月 4 日。但微妙的是，英国直到 1752 年才采纳格里历，因此牛顿出生时英国仍在沿用儒略历，由于格里历相对于儒略历后移过 10 天，因此儒略历中的牛顿生日比格里历中的早 10 天，为 1642 年 12 月 25 日，恰好是 1642 年的"Christmas"——这就是"Newtonmas"的渊源。因此，虽然"Newtonmas"是一个有趣的日子，但只在如上所述的微妙的历史意义下跟"Christmas"为"同一天"。

1928 年，在德国哥廷根参加完一个暑期班的苏联物理学家伽莫夫用仅剩一天的"盘缠"，绕道哥本哈根"觐见"了玻尔。

在聊了聊伽莫夫的研究后，玻尔说："我的秘书告诉我，你只剩在这里待一天的钱了，如果我替你从丹麦皇家科学院申请到卡尔斯堡奖学金，你是否愿意在这里待一年？"伽莫夫当然愿意，于是就在玻尔的研究所逗留了下来，他的逗留也为研究所增添了许多逸闻趣事。这种毫无"繁文缛节"，充满自由和信任的学术交流及人员往来是物理学黄金时代的缩影。

法国女数学家索菲·热尔曼（Sophie Germain）写信与人讨论数学时通常化名为男子。1807年，当高斯得知自己"可敬的通信对象 Le Blanc 先生"是女性时，回信盛赞了对方，并表示由于世俗的偏见，女性学数学遭遇的阻力比男子大了不知多少倍，但即便如此，数学依然吸引了热尔曼，没有什么比这更清晰地体现了数学的魅力。

读《数学文化》2012年第1期毕，转两句关于著名数学家约翰·冯·诺伊曼（John von Neumann）的有趣评语：

不管多么聪明的人，和冯·诺伊曼一起长大就一定会有挫败感。
——尤金·维格纳（Eugene Wigner，1963年诺贝尔物理学奖获得者）

冯·诺伊曼这样的大脑是不是意味着存在比人类更高一级的生物物种？

——汉斯·贝特（Hans Bethe，1967 年诺贝尔物理学奖获得者）

爱因斯坦的光芒往往会遮蔽身边的人，比如爱因斯坦的妹妹 Maria（"Maja"），我很久以来就只知道是"爱因斯坦的妹妹"。其实人家是很有才的，是文学女博士，可以甩如今的多数女文青们好几条街。

读《数学文化》2013 年第 4 期毕。其中张英伯、刘建亚所撰关于闵嗣鹤的文章集文献和采访于一体，十分有料。分享文中的一则轶事：华罗庚的"堆垒素数论"课程在西南联大开讲时，一度座无虚席（当然，那时的"座"想必本就不多），但随着课程推进，听众越来越少，最后只剩两人：闵嗣鹤与钟开莱。这两人后来都成了知名数学家，而且都出现在了《堆垒素数论》的序言里——华罗庚在俄文版序言里提到："闵嗣鹤、钟开莱两位先生对于本文手稿之准备都曾给予帮助。"西南联大虽无大楼，却有大师，而且培养了很多大师，这是很值得怀念的。

前些天读到徐利治先生的一篇访谈，题为《我所知道的华罗庚与陈省身》，是《徐利治访谈录》一书的片段，是一篇难得的有真材实料、不为尊者讳的好文章，且行文扎实、毫不轻佻，迥异于如今中文网上流行的插科打诨风格，堪称国内人物传记的佼佼者。在微博上推荐的同时，托国内友人购来了原书的电子版，这两天开始读——从徐利治的大学时代读起。徐利治最初考入的是唐山工程学院，很快就觉得不喜欢。入学满一个月时，校长茅以升在给新生训话时表示，若有同学觉得兴趣与选择不一致，可提出转系或转校。于是徐利治提出想去西南联大，茅以升则让秘书写推荐信玉成了此事。大学转校在如今的中国是相当困难的——采访者也提到了这一点，当时却近于常例，比如鲁迅先生就常有学生转校追随。后人对民国的印象时起时落、五花八门，早先是抹得很黑，后来有所开放，既有人热捧也有人泼凉水。民国是乱世，生活是困苦的，无边际的热捧难免漏洞百出，但凉水若意在里外泼透也并不客观，像徐利治的转校经历在我看来就体现了民国值得借鉴的若干方面中的一个。

物理学家叶企孙在中国"学术家谱"中的辈分极高，知名学生包括李政道、杨振宁、陈省身，以及半数左右的"两弹一

星"元勋。作为教师的叶企孙有一点很令人钦佩，那就是他的课程很注重联系前沿。钱三强、钱伟长等都回忆过这一点。比如，1933年听过叶企孙热力学课的钱伟长1939年替他代课时，发现提纲里的例题已从原先的关于气体性质改为了关于金属热力学性质——那是因"二战"临近而兴起的前沿。物理学由于基础定律相对稳定，教学的一个轻松之处就是可以"炒冷饭"，很多教师也是这么做的，稍次点的教师甚至本身就未必有能力活用基础定律，更遑论联系前沿，故而也只能"炒冷饭"。叶企孙作为教师在这方面是出众的。

据中国科学院自然科学史研究所前所长席泽宗的《叶企孙先生的科学史思想》一文记叙，叶企孙"对国内报刊上出现的大吹中国第一和首创的做法不满。他认为古人由直观感觉和猜测得到的一些东西，有些虽与现代科学的发现有吻合之处，但二者不能等同，不能一下子就说我们早了多少年。因为古人在说到正确的同时，也说到了许多错误的东西，哪些是正确的，哪些是错误的，恐怕他们自己也不知道。而且，这种原始的东西，如果在外国古书中去找，也不一定没有。"叶的这一见解非常精到，放在今天也毫不过时，在当时（20世纪50年代）则不仅精到，且需勇气。

　　叶企孙生前最后一篇文章发表于 1965 年，编辑所拟的标题为《关于自然辩证法研究的几点意见》，是与物理学家朱洪元商榷的。经此前一系列政治运动的洗礼，当时的报刊已充斥着政治挂帅的文章，朱洪元也贡献了一篇，对普朗克、爱因斯坦等人展开批判。叶企孙的这篇商榷之作是一篇罕有的纯净文字，让我深感震动，也是写这几条关于叶企孙的微博的"第一推动力"。

闲言碎语

一位好的大学教授也许有百分之一的可能性替世界培养一位真正的科学家，一位好的中小学教师却有百分之百的把握为世界减少成百上千的愚昧者。

20 世纪六七十年代，科技发展很迅速，很多人对科技充满信心，诺贝尔物理学奖获得者、美国实验物理学家爱德华·珀塞尔（Edward Purcell）曾幽默地给"理想实验"下了一个新定义：所谓理想实验，就是能够设想、但尚未拿到经费的实验。

如果说人与狗的差别是 100 与 1 的差别，那么人与人的差别有时是 100 与−100 的差别。

闲言碎语

辈分是个有趣的东西。杨振宁、李政道、吴健雄在人们的记忆中常被并举，其实若从胡适那儿排辈分，吴健雄跟吴大猷的老师饶毓泰平辈，同为胡适的学生，从而比吴大猷高一辈，比杨振宁、李政道高两辈。当然，师承和辈分都不是唯一的，用数学语言来说，辈分不是一个全序关系（甚至连偏序关系也不是）。

小时候读科普作品，有时会产生一些问题，却摸不透是不是自己想多了，问题会不会可笑。渐渐地，明白了有些问题并非想多，更非可笑，由此也形成了对科普作品的一种看法，那就是好的科普作品应对容易产生而又并非平凡的问题做出说明。哪怕因问题超出科普作品范围而无法详答，提一下也有助于读者印证自己的理解，并增添思考的兴趣。

意在与别人一同寻找答案的是讨论，只为了证明自己正确的是辩论。

　　微博上的"好友"一词颇有些言过其实，彼此间甚至可能从无互动。不过例外也是有的（这样的例外多多益善，然实际不多，故曰例外），对我来说黄恽先生就是一位。跟他有过若干互动后，发文史领域的微博时我会习惯性地想：黄恽先生会怎么看，会评论吗？而先生也确实时常留言勘正或鼓励，在我皆弥足珍贵。我曾发过不少微博议论粉丝数，常有人以为我在意粉丝多寡，其实误会了，我对粉丝数的议论是出于对"数"而不是对"粉丝"的偏好，为甩掉在我看来不是真粉，从而污染了"数"的"粉丝"，我甚至不惜改换账号。然而例外也是有的，并且也是黄恽先生。前些天发现他被销号，对"数"的影响虽不到万分之一，却让我怅然若失，感觉自己的微博世界失去了一个很大的比例。

　　汉唐虽然也有边患，但魄力究竟雄大……凡取用外来事物的时候，就如将彼俘来一样，自由驱使，绝不介怀。一到衰弊陵夷之际，神经可就衰弱过敏了，每遇外国东西，便觉得仿佛彼来俘我一样，推拒，惶恐，退缩，逃避，抖成一团，又必想一篇道理来掩饰，而国粹遂成为屏王和屏奴的宝贝。

　　　　　　　　　　　　　　　　　　　　——鲁迅

182

想让世界围着自己转的人，往往只能靠自己的原地打转来意淫。

某教授造出了一台具有"全知"能力的计算机，在以屏幕为中心的十米范围内，任何你能举出的事件，它都能预测其是否会在一小时内发生——以绿屏表示会，红屏表示不会，每个事件都只预测一次。可惜，在公开演示的前夕，教授被助手发现的一个漏洞吓昏了。助手说，我要举的事件是：计算机会显示红屏。

"全能"和"全知"是很有悖论色彩的概念。这则小故事是针对"全知"的，它所针对的"全知"已经算节制了，作了"十米范围内"和"一小时内"的限制，并且只预测能给出"布尔"式回答的问题，却依然会导致悖论。

读昔日莱布尼茨等人辩论上帝的文字，觉得其中有很多就是深陷在"全能"和"全知"的悖论之中胡搅一气。

一则爱因斯坦小故事：某一年生日，在被问及除物理外还有什么职业能使他快乐时，爱因斯坦举出了水管工。纽约某水管工组织得悉此事后，赠了一套带黄金标牌的水管工工具给爱因斯坦。后来有一次邻居向他借工具（恐怕是意在套磁吧），爱因斯坦很高兴，表示要亲自帮忙，"你不知道我为了能用这套工具等了多久。"

最重要的交际自由是不交际的自由；最重要的信仰自由是不信仰的自由。

幽默讽刺作家有时给人以愤世嫉俗之感，其实很多这类作家是深爱时代者。幽默讽刺大师马克·吐温曾经说过，对真正厌恶的东西，只会想着拍案而起诅咒它，试图将之撕成碎片，"从来没有足够好的幽默来讽刺它"，并且他称自己生活的世纪为"自有时间以来唯一值得活的世纪"。反过来说，某些歌功颂德者倒或许映照着时代某些方面的真正绝望——只有哄着骗着、虚与委蛇才能不被吞噬。

有许多别人一行都看不下去的书我视若珍宝，有许多我一行都看不下去的书别人视若珍宝，这是世界的一个可爱之处。

在某种程度上，一个现代人的思维发展仿佛是一部浓缩了的人类思想史。懵懂好奇的童年仿佛是古希腊；好奇、求知及纠错若能延续一生，则如迷你型的近代科学发展。当然，哪怕在松散的意义上，也并非每个现代人的思维发展都能对应于完整的人类思想史，比如宗教信徒就仿佛是走进了中世纪却迎不来文艺复兴，是一种残破的对应。

在一本罗素的书里读到一个词："organized ignorance"，真是一针见血的妙语——无知并不可怕，可怕的是"有组织的无知"。

有时也觉得宽恕是美德，但立刻也疑心这话是怯汉所发明，因为他没有报复的勇气；或者倒是卑怯的坏人所创造，因为他贻害于人而怕人来报复，便骗以宽

恕的美名。

————鲁迅

由于一向只有"好人"宽恕"坏人"，没有"坏人"宽恕"好人"，因而宽恕的另一妙用是通过"宽恕"使自己荣升"好人"，让对方坐实"坏人"——在取胜无望的争斗中尤其管用。

我猜测：技术先进的枪支泛滥国或许会渐渐演变成内部堡垒化的国家，人人栖居在舒适而高度现代化的家里，工作、交流乃至旅游等都普遍依靠 3D 虚拟现实，购物则用亚马逊无人机一类的技术。极少数想体验大自然的人，会用枪支探测器乃至生命探测器检查环境；少数需真人参与的事，会去有安检的社交中心。

那样的未来并不意味着没有交际，而只是不再有今天这种互不相知者熙熙攘攘在公共场合的情形，彼此感兴趣的人自然仍可相约会面。

阿西莫夫对计算机的智能发展持乐观态度，他说怀疑者爱问："计算机有可能创造出伟大的乐曲、伟大的艺术、伟大的科

学理论吗？"他愿反问一句："你能吗？"

职场反歧视的终极手段也许是将求职面试搞成图灵测试，掩去工作技能外的一切信息。不过打着平等幌子谋求照顾的某些群体未必答应。

我有一个感觉，或者说猜测：人工智能的未来突破点之一，甚至最大的突破点，也许是"犯错"，包括记忆错误和模糊或不严密的推理。靠绝对无误的记忆和遵循绝对明确而严密的规则，不太可能全方位地模拟人类智力。这就好比在生物进化中，变异对于复制来说是一种错误，但只有存在错误，进化才会发生。

当然，"犯错"只是扩大试探和认知的范围（类似于发散思维），需要与 AlphaGo 那样的学习归纳能力，以及科学方法那样的去芜存菁能力结合起来——就好比变异需要跟自然选择结合起来，才会成为智能。

有时候，你确实不知道某个观点的对错；有时候，某个观点确实正面反面都有说辞。这时候，没什么比粗暴打击质疑者更

能让人知道那观点就算不是全错，也绝没有维护者想让人相信的那样对。

以日记和情色小说著名的美国女作家阿内丝·尼恩（Anaïs Nin）的部分日记发表时恰逢女权运动高涨，于是她被女权主义者树为偶像。后来当女权主义者攻击亨利·米勒（Henry Miller）时，她为米勒辩护，提到其对自己写作的支持，以及女权主义者对其了解的片面，但毫无效果。尼恩晚年感叹女权主义者真盲目，并表示自己痛恨一切形式的独断主义。

这些年读到过的最有趣的朗道八卦：在斯大林时代，李森科是反对"资产阶级遗传学"的"科学斗士"，主张生物后天获得的性状能够遗传。有一次，李森科作完报告后，朗道当众问他："你的意思是说，如果我们把一代又一代的牛的耳朵割了，最终我们会得到生出来就没耳朵的牛？"李森科不知是诈，回答："是的。"于是朗道又问："那你如何解释初生的女婴仍然是处女呢？"李森科登时蔫巴。

在美国有一种无知崇拜，一直就有。反智主义的张力时刻缠绕着我们的政治和文化生活，滋生它的是一个错误观念，即民主意味着"我的无知就跟你的知识同样好。"

——阿西莫夫

自嘲不仅是一种风度和雅量，而且也有实用的一面，那就是把原本会让人笑你的事变成了让人跟着你笑的事，把原本会笑你的人变成了跟着你笑的人。

在美国作者 P. 贝克曼（P. Beckmann）的《圆周率的历史》（*A History of PI*）一书里读到一段对罗马帝国的评论，颇为独特，大意是：与古希腊相比，罗马时期更为专制，数学建树甚少，倒是工程成就常被人称道。但罗马时期的工程成就带着专制社会的鲜明印记，那就是，与正常社会的工程建设越来越智慧不同，专制社会的工程建设往往一味追求宏大，技术与管理却很粗疏。

189

说起文字（或书写）的意义，首先想到的是知识的传承和累积，没有它，人类知识的高度恐怕就只是"一个人"的高度。但其实，它对每个人（包括那"一个人"）自身的高度也是一种助益，稍有复杂度的思维往往离不开对中间环节的记录（有点像人类知识发展的微缩），没有它，每个人自身的思维也会更浅薄。

"量子"一词曾是"票房毒药"，量子物理先驱德布罗意在1953年出版的一本副标题带"量子"的书里写道："在瞥见这本小书封面的人里面，很多无疑会被'量子'这一神秘词汇吓跑。"时过境迁，如今"量子"一词不仅不再吓人，反而被吸收到"量子基金""量子疗法"……之中，成了吸引人或忽悠人的卖点。

我是一个没有偶像的人。如果说这有什么好处的话，也许是在于爱一个人不必爱其全部，从而可以完全"拿来主义"地欣赏其在自己眼里值得欣赏的一面——并且只欣赏那一面。常有我欣赏的人被别人批说这不好那不好，我不仅不会生气，往往还乐于知晓——因为我欣赏一个人虽不欣赏全部，却往往有兴趣知晓全部。

　　常有人说我的某某微博暴露年龄，其实年龄有啥必要掖着。又不是征婚，要藏起大灰狼尾巴骗小女生。微博在文字层面上并不足道——起码是太浅，若有什么值得一看的话，惟有那些虽属碎片却原汁原味的生活和思想，若面具厚到连年龄都看不出，就不值得看了——起码，这是我自己读微博写微博的视角。

　　1972年，美国数学家兼科幻作家鲁迪·拉克（Rudy Rucker）访问了哥德尔，他记述说，听哥德尔讲话，有一种被彻底理解的感觉，"我的任何推理才一开头，他……就能推到终点……很像是通过直接心灵感应交流。"

　　也许是不善交际的缘故（或因此才变得不善交际），我跟陌生人交谈有时会有相反的局面：觉得自己的话才一开头，对方就可能推到终点，甚至嫌我啰唆，于是会不自觉地省略或加快……而事实上，对方非但不是"哥德尔"，甚至慢慢听完也时常跟不上推理。

一则费曼八卦：在某社交场合，费曼跟丹麦公主坐在了一起。公主对费曼说，没人能谈论他的话题——物理，因为没人懂得。恰恰相反，费曼回答说，每个人谈论的才正是他们一窍不通的东西：天气、社会问题、心理学、国际金融。

也许实质的区别在于：有些话题是人们懂得自己的不懂，另一些话题则是人们不懂自己的不懂。

在我看来，若不能对种族歧视与种族抬举（包括自吹），或类型化攻击与类型化褒扬（包括自吹）做出一视同仁的批评，那样的批评就无关方法之对错，甚至无关结论之对错，而纯属政治把戏和情感自慰。

小时候——接触武侠小说之前的那会儿，如果有什么东西在我心中最接近武侠小说里的"武功秘籍"的话，那就是语文老师的"教参"。什么"中心思想""段落大意"，什么"作者写这个的目的是什么"之类的八股，当时真以为是要紧的。瞧老师参阅"教参"的模样，似乎那里头全有，真是羡慕死了……

乔布斯有一句名言——"那些疯狂到认为他们能改变世界的人，是改变世界的人。"乔布斯本人当然是那样的人，但对这句话的效力不宜高估，因为大多数"疯狂到认为他们能改变世界的人"，恐怕就只是疯狂而已。

忽然想，如果武侠世界演化到科技时代，飞机安检该怎么做？飞花摘叶，伤人立死；草木竹石，皆为利器；哪怕赤手空拳，若使出"降龙十八掌"来……因此透视仪什么的就没必要了，我看喂乘客一人一杯"十香软筋散"才是硬道理。

现代社会的个人生存高度依赖群体，因而哪怕在最号称有言论自由的社会，个人意识有时也不得不受制于傻大憨粗的群体意识。从这个意义上讲，找一个与个人生存圈子脱钩的地方是散心的好办法——微博对于我就是这么一个地方。

小时候对外星人特别着迷，有天晚上做了个梦，梦见自己

跟着一位身带清香气味的外星人来到了外星球上，站在一个类似广场的地方，好奇地看着周围的神秘世界，心中有一种无比新鲜甚至此生无憾的感觉。这个梦醒来后依然记得，且神往不已，然而回味之下很快意识到那清香气味乃是我前不久买的一块彼时称作"香橡皮"的橡皮的气味，而那"无比新鲜"的外星球景观，则依稀就是杭州的城站广场。

手机时代综合征：在书上看见一幅较小的插图，下意识地伸出两个手指想去放大。

家里那位说微信上有些友人天天晒美食，看了好羡慕。我说那样的生活确实比较高端了，如果狮子老虎有微信，估计每天晒的也是吃了什么……

改编一则笑话聊作消遣：一位网络达人精于搜索，自信没有搜不到的信息。有一回坐火车，他向邻座提议玩相互提问游戏，谁答不出就给对方5元钱。邻座没兴趣，他便加码为自己答不出给对方50元，对方答不出仍只给5元，并且由对方先出题——条件是允许自己上网搜索。邻座答应了，并且出了这样一道题："什么东西上火车时两条腿，下火车时13条腿？"网络达人拿出笔记本电脑搜了半天外加翻墙，依然一无所获，只得掏出50元钱。对方一声不响收下了。网络达人不满地问道："你说的到底是什么东西？"对方很干脆地抽出5元钱塞给了网络达人。

自古母爱广受歌颂。但我觉得，母爱常有一种过分无微不至的窒息，也常因过分天经地义而变得无可理喻（"我都是为你好"），倒是父爱，于不够细腻之中留出了空间，有一种朋友式的宽厚和对等——不像母亲之对子女，觉得人家永远长不大。

我上网的20年也许正好是互联网知识免费时代的最后20年。随着各种网络支付手段的成熟和流行，知识付费时代似乎正在快速降临。前一阵在微信上看到一篇文章，吐槽收费网站靠收录免费文字谋利，也看到友人抗议自己的文字被擅自收录。很能理解那样的心情。人多多少少是在社会的价值——包括用金钱衡量的价值——体系里度量自己的，在知识付费时代，提供免费知识确实有一种为别人做嫁衣甚至当傻子的感觉——尤其那"别人"若是自己不太看得上的，就更是如此。也许，免费知识应效仿一种类似开放源代码世界的 GPL2.0（通用公共许可证 2.0 版）那样的版权约定，即所有获取免费知识的网站也必须供人免费阅读。

在微信上看到友人的自拍照，有时要瞅一眼名字才能判断是谁。手机的美颜功能仿佛相貌空间里的压缩映射，让人与人（尤其是女人与女人）的相貌变接近了，不知这压缩映射有没有"不动点"？

记得前一阵一条老人去世留下一屋子保健品的新闻刷了屏。围观者同情老人的有之，谴责商家的有之，但多少也认为老人毕竟是昏庸吧。其实我觉得，华人妈妈们送小孩去辅导班的劲头和花费，也正跟老人的买保健品有一拼。一群妈妈聊天，免不了这些话题："这个老师厉害，很多学生进了名校""普通才艺的竞争太激烈，最近送儿子去了某某班，那样的冷门才能出成绩""我家娃终于得奖了，不过辅导老师说，光得一个奖还不够，得让大学看到你持续的努力"（也就是持续往这位老师那儿砸钱，别想着见好就收）……一通交流后，各位妈妈的微信"好友"里都增添了一屏幕的"名师"。

有句老话叫作"己所不欲,勿施于人",我觉得同等重要——甚至更重要——的是:己所欲,亦勿施于人。"996"事件中的大佬,哪怕说的是实话,起码也缺了后者。

有一种状况我名之为"老妈子综合征","症状"是这样的:饭桌上,孩子叽叽喳喳地向妈妈讲述各种各样的事,妈妈一边"嗯""哦"地漫应着,待孩子话一停——甚至不待话停——就插上一句:"这个菜营养好,要多吃一点!"

有一年,听一个公司请来的职业女性的报告,她谈及生活时有一句话我觉得很值得向妈妈们推荐,她说(大意):认真地陪孩子 5 分钟,像对待大人一样地跟孩子交流他们感兴趣的事,要比注意力在别处地陪孩子 1 小时更好。

互联网究竟让信息世界更庞大了还是更狭小了?现在几乎每天都在我那加起来不过几十人的微信朋友圈和微博关注对象中看到相同的文章被多人围观或议论(微信圈尤甚,微博关注对象毕竟是有原创能力者,眼界宽于前者),大家的阅读高度同

我的"微言小义"（二集）

一，都在读朋友所读，思朋友所思。以前都说知识是海洋，互联网时代的知识仿佛就只是几个公众号，有点像工业革命后的很多产品由几个大企业垄断。

在政治、金融等大家都爱议论却连专家也未必比常人甚至骰子更有预测力的软领域里，很流行"你的专长是……，少来谈……"那样的斥责（往往只针对自己不待见的观点）。其实，哪怕在这种领域里，议论的价值依然有鲜明分野：一个受过良好思维训练的人哪怕专长在其他领域，哪怕说了从预测角度讲是错误的话，也依然有一定的看点——比如看他分析问题的视角，比如看他对已知现象的概括，等等；而一个糨糊脑袋哪怕碰巧说对了话，也如瞎猫碰到死耗子那样毫无价值。这种情形，可名之为"蠢者恒蠢"。

用渔网捕鱼，捕来的鱼大都比网孔大，这是汇集渠道导致的自然筛选。那样的筛选在很多其他渠道也存在。比如，在同学会里你发现大家都混得不错，在微信上你看见大家都在晒美照，大家的娃普遍获奖了。你甚至纳闷，为什么自己偏偏是垫底的一位？其实，那只是因为混得好的人更有兴趣抛头露面，混得好的方面更有可能充作谈资，美照和获奖的娃才被拿出来

198

晒……就连你，凭你晒出去的点点滴滴，在别人眼里恐怕也是过得很滋润的。上述全无、真正垫底的人，往往只是默默过自己的生活。

家里那位看连续剧时老爱上网查评论，我让她别那么做，因为我不喜欢预知情节，她若知道了，难免会泄露。

"你放心，我绝不泄露。"

"你不必特意泄露，只要稍稍涉及，我就能推出。"

"那我完全不说。"

"哪怕你完全不说，跟你议论时从你的哼哼哈哈或表情里，我也能推出。"

"那我不哼哼哈哈也不做表情，其实我看评论只是因为不爱看悲剧结尾的片子。"

"完了，现在我知道你想一起看的片子一定不是悲剧结尾了。"

有博友问及德国物理学家索末菲对纳粹的态度，这里引两条资料作答。希特勒上台后不久，索末菲就在一封给爱因斯坦的信里写道："我可以明确告诉您，我们统治者对'国家'一

词的滥用已经使我与曾经如此鲜明的国家认同习惯彻底决裂了。我现在希望看到作为强权的德国消失……"战后，爱因斯坦在给索末菲的一封信里严词拒绝了加入德国科学院的邀请，但他补充道："我对少数几位在一切可能条件下坚定反对纳粹的人有不同的感情。我很高兴地知悉您是他们中的一位。"

理查德·道金斯有一条半开玩笑的"道金斯困难度守恒定律"很是有趣，大意是说各学科的困难度是恒定的，内容若是艰深，就会努力让表述浅显，内容一旦浅显，则会刻意让表述烦琐。他举例说物理学的内容是艰深的，因此物理学家很努力地让表述浅显；文学评论和社会科学的内容是浅显的，却刻意搞得云山雾罩。

友人转给我一篇文章，是对以学生的喜爱为标准评选所谓"金课"的做法提出异议的。懒得细读，自然也不能对文章进行评论，不过这个异议的大方向我是认同的，并且也觉得是个值得一说的话题。以学生的反响为主来评判课程或老师的做法，貌似代表着教育者的谦卑，实则是在较轻的程度上重温着某个无知者最伟大的时代，若考虑到这种做法是强加于教育者的，则更是连谦卑都谈不上，只是"被谦卑"。费曼为本科生开设的物理课大约是世所公认的"金课",但在他开课那几年,"掉粉"其实很严重(只不过,由研究生和同事组成的"新粉"填充了课堂的空位)。最终,只有很小比例的学生完全跟上了课程——费曼表示,那些才是他致力培养的学生。以学生的反响来评判的话,费曼那门物理课恐怕非但不是"金课",甚至可能要"下课"。一门让大比例学生喜笑颜开的课程,就像一个让大比例粉丝称心如意的微博,有可能——甚至很可能——只代表哄人的水平很高。

念及达尔文曾经受过的攻击,常让我觉得我等小角色的偶尔被骂是多么微不足道的事情。

一个人的观点如果大比例地深受大众喜爱，那么倘若不是像扔肉骨头逗狗一样地耍大众开心，而是真我的体现，则那样的人跟大众其实是一个档次的，只是更会包装和表述而已。

小时候做选择题，若选项里有一个"以上都不对"，答案往往就是这个。其实文字性的选择题很多都该有这样一个选项，只不过出题者的目的若是让做题者选某个既定答案，往往会刻意略掉这个容易"坏菜"的选项。很多神学和社会学命题实质上都是用这种手法确立的。比如"假若上帝不存在，那么一切都是无意义的"是一道在"上帝存在"和"一切无意义"之间二择一的选择题，目的是让人选前者；"只要道德存在，就势必有一个绝对的道德标准"是一道在"不存在道德"和"存在绝对的道德标准"之间二择一的选择题，目的是让人选后者。这些选择题都缺了"以上都不对"这个关键选项。

这种刻意缺了选项的选择题还有一个共性，就是往往用抽象或笼统的方式来表述，因为这样才容易让人因似懂非懂而被诱导。拿"假若上帝不存在，那么一切都是无意义的"来说，倘把笼统词"一切"换成具体的事情就往往会显出荒谬来——

202

比如换成"小心驾驶":"假若上帝不存在,那么小心驾驶是无意义的"谁都会觉得是扯淡。

幸福感如何排序?通用的判据不外乎是客观标准(人均国内生产总值、人均寿命等)和主观标准(即自己选了算),但缺陷都很明显,前者忽略了幸福感本质上是主观感受(人可以穷病而依然知足常乐),后者则缺乏标准(每个人对不幸福到什么程度才选"不幸福"会有不同判断),而且容易伪饰(未必人人都愿承认自己的不幸福)。也许,可以补充这样一个视角:即生活在幸福中的人——平均而言——性情会比较平和坦然,会较有幽默感,会少用暴戾的语言;相反,不幸福的人,哪怕善于伪饰,甚至真心地不知幸福为何物,都往往会在低风险的场合——比如在网络世界里——用暴戾的语言宣泄情绪。问卷调查能被伪饰,能被水军干扰,但若到各个国家的网络世界,找几个典型的社交网站看看,从普遍的文风里,往往能看出幸福感或不幸福感的表征——那种表征很难被伪饰和干扰,因为没有哪一种水军能装得出平和、坦然或幽默。

如果你关注一个人足够久,你将会知晓他的许多观点。哪怕在一个给定的领域里,其中也会有你喜欢和不喜欢的。这时,

不要自以为是地假定，你不喜欢的是对方最没水平的观点。取决于你自己的水平，事实有可能恰好相反：你最不喜欢的也许正是对方最有水平的观点——如果对方是你真心而非找茬地关注很久的人，情形就更有可能如此，对方说出你思维死角里的东西的概率要大过你看出对方软肋的概率。

众所周知（当然，这个"众"是有范围的），朗道有一个著名的"理论物理最低标准"，由一系列考试来衡量。最近读朗道甥女迈娅·比萨拉比的《朗道传》，发现这个"最低标准"对于朗道回复邮件很有帮助，可以尽情鼓励又不当烂好人。典型的信件往来是这样的：来信者向朗道述说自己基础太差、年纪太大等困难，询问如何学习物理。朗道总是给予温暖的鼓励，"面对浩如烟海的材料时，感到不知所措……是很自然的""25岁的年龄并不算很大，我的年纪是您的两倍""完全不必害怕我，我不会吃了您的"，等等。然后便是"我把理论物理最低标准邮寄给您，如果您愿意的话，可以逐科参加我和我的同事们主持的考试"。可是——后世的我们知道，朗道这个"理论物理最低标准"被戏称为"朗道势垒"，数十年间只有 43 人通过。

如今的拜年可类比数学中的映射分为四种：最高级是亲自写针对对方的问候语，相当于一对一映射；次一级是亲自写针对所有人的问候语，相当于一对多映射；再次一级是用网上的现成问候加了称呼发给对方，相当于多对一映射；最次则是将网上的现成问候不加称呼发给对方，乍一看还以为是广告，相当于多对多映射。

写了若干篇介绍经济类观点的文章后，谈一点感想①。

首先必须承认，我是经济学的外行，因此不足以指正多数留言者的观点，读到批评性留言后只能从我是否曲解自己所介绍的文章这一角度进行自省。如果发现曲解，那是我的错，否则——并假设批评者批对了的话——我会很不厚道地把主要责任推给原文作者等。

当然，介绍一个观点虽不等于为其打保票，但介绍一个犯

---

① 所谓"介绍经济类观点的文章"，指的是拙作《高频交易与金融世界的黑天鹅事件》《金融策略 vs. 随机性》等，皆收录于《霍金的派对：从科学天地到数码时代》一书（清华大学出版社，2016 年 4 月出版）。

有低级错误的观点毕竟也是过失，为减少这种过失的概率，我一般只介绍作者当中就有经济学家，作者请教过经济学同事，或被若干主要媒体介绍过的观点。之所以如此，是相信经济学家或主要媒体的经济版编辑起码不会比我的多数读者更外行，也起码懂一点基本概念，从而可以起到减少低级错误的作用。此外，虽然我对"经济学家"和"经济版编辑"这两个头衔并无敬意，但被他们提出或报道的东西在他们的领域中起码也算一家之见，从介绍的角度讲，以此作为取材范围在我看来是较合适的。

为减少曲解自己所介绍的文章的概率，我所做的则是尽量在术语及对结果的表述等方面遵照原始论文或主要媒体的措辞。

此外，我一般还会在文末提醒读者（虽然几乎是不言而喻的），所介绍的只是一家之见，不够普遍，还不是结论性的，还存在争议，等等。以进一步减少误导读者的可能性。

但尽管这么做了，依然时常有读者用尖刻且不容置疑的口吻斥责我的此类文章，其中包括有读者"负责任"地表示我的此类文章全是胡扯。我想，假如不是我曲解了所介绍的文章——这不无可能，但迄今还没有读者举出过例子——的话，那么，那些斥责起码部分地可以被理解为同时也斥责了那些文章背后的原始作者或媒体的经济版编辑。我不敢说那些斥责是错的，但多半只是票友水平的读者斥责包括经济学家在内的原始作者或经济版编辑如斥小学生一般,是一个有趣的现象,也是我撰写了此类文章后的一个主要观感。

或许,是我这位经济学外行的介绍为他们不幸招来了轻蔑语气;也或许,这原本就是一个连票友都觉得自己最有理的领域。

一个成熟的社会是多数人恪守职业精神且视职业精神为常态的社会。在那样的社会里,职业的报酬与责任或风险相匹配,职业的选择则是综合了能力与意愿的自由选择。在那样的社会里,特殊情势下的额外辛劳倘是职业的"题中之义",那么社会给予的不必是仰视,而只需是配合。所谓职业的不分高低贵贱,并不只是如总理对淘粪工人那样的姿态性平等,也包括读者诸君在自己岗位上泡面充饥、加班加点与医生面对疫情时的同等行为之间的职业精神上的平等。赋予医生的同等行为超乎常人的崇高,甚至如对英雄菩萨救世主那样地膜拜之,跟对不遂己意的医生拔刀动粗相类似,都是一种幼稚——而且从某种意义上讲,两者并非全无关联,越是习惯于膜拜,一旦不遂己意就越容易走向反面极端。如果一定要从特殊情势下的医生行为中升华些什么的话,不妨是在自己的职业里更好地恪守职业精神——由此对社会的贡献也将间接惠及医生。

我的"微言小义"（二集）

很多家长在让——尤其是逼——小孩学某种他们不喜欢的课外技能（比如乐器什么的）时，常常爱说"你现在不学，长大会后悔的"。有些成年人在回忆时也确实会说"可惜那时没听父母的话，学会……"仿佛印证了父母的昔日之言。不过我总觉得，这种印证哪怕是真诚的，也终究是脱离情境的。因为当一个成年人说这样的话时，他最能设身处地想的不是童年时学一种当时不喜欢的技能会有什么样的痛苦，而只是现在突然多出那样一项技能会有多少好处——比如追女孩时会弹钢琴多好，看别人因某项技能出人头地时觉得自己如果也会该多好，等等。这种"可惜"对收益看得远比代价清楚，是廉价、讨巧、近乎不劳而获的，且还因脱离情境而一厢情愿地自动排除了付出代价却并无收益这种可能性。

跟诸位分享一下前些天推荐过的美国趣味数学作家雷蒙德·斯穆里安（Raymond Smullyan）的"泡妞大法"：话说斯穆里安结识了一位迷人的女音乐家，有一天他提议玩游戏，由他说一句话，如果说对了，女音乐家就得给他签名，说错了则不给签名。听起来很"无害"，而且谁不喜欢有"粉丝"索要签名呢？对方自然答应了。于是斯穆里安说了一句话："你既不会给

208

我签名也不会吻我。"女音乐家发现自己如果给他签名，他这句话就说错了，因此不该给他签名；如果不给他签名也不吻他，这句话就说对了，就得给他签名。只有不给他签名但吻他，才能不陷入矛盾！于是女音乐家必须吻斯穆里安。但这还不是故事的结局。斯穆里安表示吻可以先欠着，继续玩类似的游戏，自己只要失败一次前账就一笔勾销，否则吻的数目加倍。女音乐家同意了。一位女音乐家跟图灵的师弟玩逻辑游戏，结果可想而知，吻的数目指数增加……最终，女音乐家成了斯穆里安的妻子，用将近半个世纪的时光偿还了那些吻。这是真事。

　　真正有才学的人，在阐述观点时往往只会用分享的口吻，而不会摆出强买强卖的姿态，更不会到别人的邮箱、微博或主页去狂轰滥炸。因为他们的观点是有价值的，分享已是慷慨，不至于犯贱到硬要别人笑纳。相反，那些动辄狂轰滥炸、强买强卖的，只会是垃圾——且恐怕自己潜意识里也知道这一点，才会如此。

【我的微博怪癖】

　　玩微博这几年，时常遇到的一个小遗憾是：偶尔看到一条好微博，怀着关注的诚意点进作者的页面，却发现人家有一个对自己的每一条回复自我转发的习惯，那条好微博在无数自我转发贴的覆盖下，犹如一块爬满了蚂蚁的肉片，而这一切又浸泡在信息量近乎零，数量却为高阶无穷大的其他自我转发贴组成的汪洋大海里……

于是只好打消关注的念头。

因为有这种经验，因此——虽然不是作为逻辑推论——我订下了自己的第一条微博怪癖：不保留任何转发帖，无论转发别人还是自我转发。订这条怪癖还有一个原因是删除转发帖反正不会造成死链接——不希望造成太多死链接可算怪癖背后的怪癖，也许是我这种做 IT 的人特有的。

我的第二条微博怪癖则是：不保留任何转发数不到 10 的原创帖。这是出于不保留水帖的想法。当然，何为水帖是并无确切定义的，不过我觉得转发数是衡量读者兴趣的最好指标（假定绝大多数读者不会有我的第一条怪癖），评论数很多时候是被读者相互掐架炒起来的，点赞数体现的则往往只是读者对博主的一般性的喜欢——就像娱乐明星的微博哪怕毫无信息也会有无数点赞。定下 10 这个不太高的阈值一方面是因为对我这种非热门微博来说转发数大体就在这一量级；另一方面是因为删除原创帖会造成死链接，因此转发数一旦超过 10，我那条怪癖背后的怪癖会阻止我删除。

这两条怪癖对读者的最大影响是被我删除的帖子后面的读者评论也会"一损俱损"（不过托死规则的福，并且我大约还算有不删评论的公信力，总算没人指责我是变相删评论），最佳的对策则是：把针对我自我转发帖的评论评在原帖后面，这样就不会受第一条怪癖的影响。第二条怪癖原则上是无解的，但诸位不妨从另一个角度看待，那就是：这条怪癖让诸位可在我的微博上"play God"（扮演上帝），因为对不喜欢的微博可通过不转发促其被删，对喜欢的微博则可转发以增加留存概率，都是诸位说了算的——当然，是否如愿还得看其他"上帝"的意思，因此诸位扮演的是多神论而非一神论的上帝。

另一方面，我自己当然也是我微博的"上帝"，这体现在哪些微博收录到我主页的"微言小义"栏目是完全由我自己的喜好决定的（因此读者若发现哪条感兴趣的微博找不到了，可试着到我主页上的"微言小义"栏目去找），有些微博甚至是明知读者不感兴趣，纯粹是为了能名正言顺收录到"微言小义"栏目，而在微博上"中转"一下的。

以上就是对我的微博怪癖的简短说明，希望读者知情，不至于因我的删帖而"友邦惊诧"。